大越 哲仁

9条の掛け軸

敗戦から憲法改正に至る激動の日々

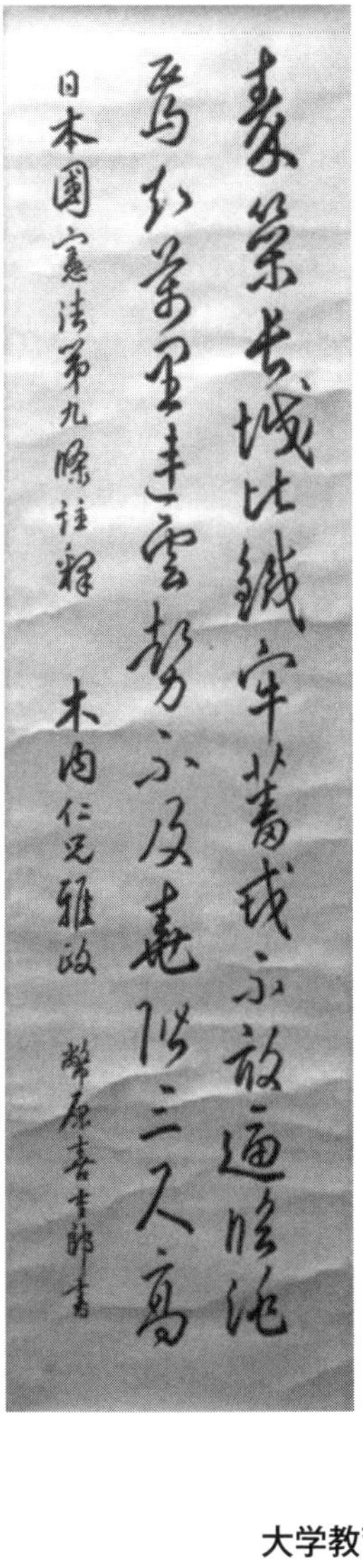

大学教育出版

９条の掛け軸　敗戦から憲法改正に至る激動の日々　目次

一　吉田茂と幣原喜重郎

大東亜戦争（太平洋戦争）末期の昭和20年（1945）7月16日。

東京西郊、多摩川近くの玉川電気鉄道・二子玉川駅（現在の東急田園都市線・二子玉川駅）。ホームに停車した下り電車からこの地の疎開先へ向かう乗車客がどっと降りた。最後に一人降りて周りを見回したのが外務省調査局の市川康次郎だった。カーキ色の国民服と国民帽、足にゲートル巻きという戦時下の装いだったが、彼はある任務を帯びてこの地に来ていた。

それは、外務省の先輩の吉田茂の依頼で、この地に疎開している幣原喜重郎男爵を訪ね、彼を和平運動に引っ張り出すために、吉田との面談の約束を取り付けることだった。

その年67歳になる吉田茂は、若いころから親英米派の外務官僚として知られていた。昭和3年50歳のときに田中義一内閣の下で外務次官になったが、その後は軍部に疎まれて省内主流派から外され、昭和11年にイギリス大使として本省から出された。それでも吉田は、当時議論が沸騰していた日独防共協定に猛反対するが、現実はその方向に進み、彼は14年に退官する。

昭和16年（1941）12月、日本のハワイ真珠湾奇襲で対米英戦争が始まると、日本は初戦で華々しい戦果を挙げた。ところが、早くも翌年6月のミッドウェー海戦で主力空母4隻を失うという大敗北を喫して日本は劣勢に転じ、18年にはガダルカナル島（オーストラリア北東のソロモン諸島最大の島）から撤退、その際は日本軍の戦死・餓死者2万5千人を数えた。

続いてアッツ島（米国アラスカ州、ベーリング海の島）の日本守備隊が全滅。翌19年7月には「絶対国防圏」とされたサイパン島の日本守備隊も全滅し、日本側の犠牲者は数万人を数えて甚大だった。ただし、これらの甚大な犠牲は当時秘せられ、戦後になって明らかになる。

サイパン陥落の責任を取り、開戦から戦争を指導していた東條英機内閣が総辞職すると、重臣会議は、陸軍出身の小磯国昭を後継首班として組閣させた。小磯は、「戦争完遂」「国難突破」をスローガンに掲げ、「一億国民総武装」の方針を掲げて政権運営を進めたが、その間にアメリカ軍はマリアナ諸島に空軍基地を築き、巨大なB29戦略爆撃機で日本各地を空襲しはじめた。

昭和20年1月には帝都も銀座や有楽町が複数の点状に空襲されたが、3月10日には住宅密集地の東京下町に絨毯《じゅうたん》爆撃が行われ、9万5千人という無辜《むこ》の人たちの命が奪われた。

敵国の街を破壊する空襲は、市民を殺戮《さつりく》して戦争継続の意思を削ぐのが主目的だった。

しかし、幕末に「万国公法」と呼ばれた当時から日本が受容してきた国際法の、とくに戦時国際法には、次の二大原則があった。

1　一国が他国に対するに、平和時においては努めて善を多く行い、戦時においては努めて悪を少なくすることが肝要である。

2　敵国の軍人と、軍服を武装しない民間人とは厳にこれを区別する。武装しない民間人に対しては殺人や辱め、強暴な行為を行ってはならず、その所有物を奪ってはならない。

だから、空襲は明らかに戦時国際法違反で、けっして許されるものではなかった。ましてや、一瞬で数十万人の命を奪い、かろうじて生存した者にも長く大変な苦痛を与える原爆・原子爆弾の使用など国際法が認めるものではなかった。

各地が空襲の被害を受けている2月、近衛文麿が「近衛上奏文」を天皇陛下に単独上奏した。敗戦の不可避と敗戦後の共産革命の脅威を憂慮し、陛下に早期戦争終結を訴えるものだった。

小磯は中国政府に対して実現困難な和平工作を進めたが、陸海軍と外務省の反対で失敗し、4月に総辞職する。そのころ吉田は、近衛上奏文に関わったとの理由で憲兵隊に逮捕された。

小磯の次に首班に指名されたのは海軍出身の鈴木貫太郎だった。当時、沖縄戦と本土決戦が当然とされる中、「国体護持」（天皇が統治される国家体制を護る）のために戦争の早期終結を主張する宮中グループや多くの重臣の意を体しての組閣だった。

しかし、本土決戦を主張する軍部主戦派の勢力は強く、閣内では早期和平論と本土決戦論が対立して内閣の方針は動揺を続けた。その間に連合国軍は沖縄本島に上陸。対する日本軍は戦争での「禁じ手」である特攻隊や人間魚雷で防戦した。戦艦大和も片道燃料による海上特攻隊を編成して沖縄に出撃したが、九州南方で撃沈されてしまった。

その4月、我が国と三国軍事同盟を結んで戦っていたイタリア王国では、政権を追われたムッソリーニと連合国に降伏したバドリオ政権とが内戦状態にあったが、ムッソリーニの銃殺で内戦が終結した。ドイツでもソ連（現・ロシア）軍がベルリンに突入して同月末にヒトラーは自殺した。翌5月、ドイツは連合国に無条件降伏する。

両国の敗北を受けた鈴木首相は、孤立した日本の降伏を主唱するどころか、「ドイツ、イタリーの崩壊によって帝国の責任が重大化した」として「不動の必勝信念」を披歴し、早期講和派を失望させた。

吉田が釈放されたのはその5月の末。その直前に帝都はまたも大空襲を受けて外務省も東京駅も宮城（現・皇居）も炎上し、都心の住宅街も焼けた。

沖縄戦も熾烈を極めた末に6月下旬に日本軍7万、沖縄県民15万人の犠牲を出して終結。残すは本土決戦だけになった。

このような厳しい状況下、和平論者の多くは「この事態を収拾するには、軍部と無関係のために連合国からも受け入れられるであろう幣原に登場してもらい、鈴木首相を支援して和平を進めてもらうしかない」と議論した。吉田もそれを確信して各方面に主張し、市川に冒頭の依頼をしたのだった。

市川は、外務省の大先輩の幣原に会ったことはなかった。

幣原は、吉田より6歳年上の73歳。大正4年(1915)、43歳で外務次官。大正8年(1919)47歳で駐米大使。翌9年、男爵を授けられる。その翌年の大正10年にはワシントン会議に全権委員として参列。大正13年(1924)から昭和6年(1931)まで、第一次・第二次加藤高明内閣、第一次若槻礼次郎内閣、浜口雄幸内閣、第二次若槻内閣と、外務大臣を5度務めた。その間の昭和5年(1930)には、中学以来の親友・浜口雄幸首相が統帥権干犯問題を遠因とする銃撃事件で負傷、彼は内閣総理大臣臨時代理も務めた。

このように幣原は外務省で抜きん出た存在になっていた。特に、彼が外務大臣当時進めた我が国の外交は、「幣原外交」と呼ばれて欧米列強から評価された。その要点は、米英協調、中国内政不干渉、彼自身が参画したワシントン体制への順応、中国に生じた民族運動に対する刺激回避などである。「幣原外交」によって日中関税協定やロンドン海軍軍縮条約の成立も見た。

しかし、外務省と別に軍部が独自に展開した外交との二重外交の下で、国内では幣原外相はしだいに「軟弱外交の親玉」「腰抜けの親英米派」と非難されていった。特に、昭和6年(1931)

の満州事変の勃発により、彼が取った不拡大方針は次々と破られて、同年12月の第二次若槻内閣の総辞職によって彼も外相の地位を去った。その後、幣原は、第一次若槻内閣時に勅任された貴族院議員としての公務はあったものの、外交と政治の第一線から退いた。

それから14年、幣原は世人から完全に忘れられた存在になった。

さらに、疎開前、渋谷区千駄ヶ谷の彼の屋敷の塀には「国賊幣原を葬れ」と落書きがされ、要注意人物として憲兵隊の監視下に置かれていた。


市川は、華族会館で調べた幣原の疎開先のメモを頼りに畑道を歩き、地元の農家に教えてもらって、ようやく静嘉堂(三菱財閥岩崎家による古典籍の文庫)近くの幣原の家に着いた。

世田谷区岡本。この辺りは国分寺崖線といって、多摩川に沿って武蔵野台地の西端の崖が続く風光明媚な土地で、明治の頃から政財界の大立者の別荘が立ち並んでいた。その中の一つが、空襲で千駄ヶ谷の家を焼け出された幣原が仮住まいしていた家だった。現在、聖ドミニコ学園のある一角である。通りから入った小道の両側に門代わりに杉の木が植えられていた。

「御免下さい。外務省から参りました市川康次郎と申します。幣原様は御在宅でしょうか」

玄関先で大声を上げると、和服姿の女性が玄関を開けた。幣原の妻・雅子である。

雅子は60代半ばだったが、上品な出で立ちで、年齢より10歳は若く見えた。

（さすがは、三菱家の岩崎弥太郎氏のお嬢様だ。空襲で焼け出されたはずなのに、きちんとした身なりをしておられる）

市川は、吉田から聞いた雅子の出自を思い出して感銘深げに彼女の顔を覗《のぞ》いた。

「領事」の肩書付きの名刺を出した彼が「吉田の使いとして伺った」と言うと、応接間に通された。ソファがあり、壁に暖炉がある。

2、3分後、痩せ細った和服姿の老人が入ってきた。

丁寧な物腰だが生気がない。話し出すとガクガクと顎が鳴り指先が震えた。目の前にいる幣原は、外務省で見た外務大臣時代の精悍《せいかん》な写真とはまったく異なる老齢そのものの人物だった。

（吉田の肝いりで和平運動に担ぎ上げようとしている人が、ほんとうにこの御老体なのか？）

市川はわが目を疑った。

「よくまあ、こんなところまで来てくれましたね……」

幣原は丁寧な口調だった。彼は挨拶代わりに、自分は5月25日の空襲で千駄ヶ谷の自宅も家財も失い、翌日に渋谷の次男の家に転がり込んだ後、つい先月下旬に妻の縁を頼ってこの岩崎家の別荘に仮住まいすることになったのですよ、という身の上話をしてくれた。

雅子がお茶を出しに来て軽く挨拶をした。

彼女が退席したところで市川は吉田から頼まれた面会の話を切り出した。幣原は迷惑そうだったが、市川が是非に、と強く誘い、どうにか3日後に吉田と面談する約束を取り付けた。

3日後の7月19日。幣原と吉田の会見は、幣原がよく通う日本倶楽部《くらぶ》で行われた。

日本倶楽部は、イギリスの社交クラブに倣って明治31年（1898）に設立された各界の名士の社交クラブで、現在の丸の内三丁目に六角櫓《ろっかくやぐら》を頂く3階建ての会館が建てられていた。

東京の下町は絨毯爆撃で焼き尽くされたが、丸の内は爆撃が目標建築物ごとの点状だったので焼け跡もまだらで、空襲を免れたビルも複数あった。日本倶楽部会館もその一つだった。

帝都を網の目のように結んでいた市電も、ビルと瓦礫《がれき》の間を行き交っていた。

会館の櫓から見ると、帝国議会議事堂（現・国会議事堂）もほとんど無疵《むきず》で、空襲除けのために塗られた黒いコールタールがなかば薄れ、くすんだ迷彩の姿を現していた。

その日は晴れて暑い日で、白い麻の背広を着た吉田と国民服姿の市川が日本倶楽部の会館に着くと、灰色の背広を着た幣原が玄関まで出迎えてくれた。

幣原と吉田が会うのはそれほど久し振りではない。4年前の開戦直前の日米交渉の際に吉田は幣原に交渉案の相談のために会っていたからである。

幣原の案内で2階の応接室に入り、挨拶を交わして座ると、吉田が次の言葉で話をはじめた。

「和平のことを鈴木総理に説得するのは貴方《あなた》が最も適当だと思うから、ぜひ奮発してくださ い」

しかし、幣原は大変迷惑そうで、なかなかうんと言わなかった。そこで、吉田が重ねて説得を続けると、幣原はようやく次のように語り出した。

「私はこの間、『ヒンデンブルグの悲劇』という本を読んだのですがね……」

吉田と市川が身を乗り出して聞き始めると、幣原は続けて、

「その本の中で、ドイツの軍部がね……。後になってその時、ドイツが和平を乞うたのは、外交官どもがやったので責任は彼らにあると非難攻撃し、それがワイマール体制崩壊の一つの端緒をなしたということが書いてありましたよ。……日本でも何時かはそう言うでしょうね」

一瞬、二人は幣原の話の意味がわかりかねたが、「我々が鈴木総理を説得して講和を結んでも、軍部が納得しないのでは和平は破られる」という意味とわかって、二人同時にソファに身を落として、顔を見合わせた。

それから吉田は、なおも幣原を説得する話をしたが反響はなく会談は短時間で終わった。

二　敗戦

昭和20年（1945）7月26日（日本時間27日）、米国大統領・英国総理大臣・中華民国政府主席名による対日降伏条件に関する宣言がベルリン近郊のポツダムで発表された。それはポツダム宣言として日本語にも翻訳されて世界中に発信され、宣言を印刷したチラシが爆撃機から日本中にバラまかれた。

ポツダム宣言はそれからの日本の運命を決定づけるきわめて重要な国際法上の条約だった。これを条約と表現したのは、それを受諾することによって我が国に拘束力が生じるからである。

ポツダム宣言は13項目を羅列した文書だが、整理してまとめるとすると次のとおりだった。

・米英中国は、日本に対して最終的打撃を加える体制を整えた。この軍事力は、全ドイツを荒廃させた力よりもさらに強大であり、この軍事力の最高度の使用は、日本国軍隊の不可避かつ完全な

壊滅と日本国本土の完全な破壊を意味する
・日本国が、無分別な軍国主義者に引き続き統制されるか、我々に降伏して理性の道を歩むかを決める時期が到来した
・日本国の降伏の条件は次の通り。返答の遅延は待てない
①日本国民を欺瞞《ぎまん》し、世界征服に乗り出す過ちを犯させた者の権力および勢力は永久に除去されなければならない
②平和・安全・正義の新秩序が建設されて日本国の戦争遂行能力の破砕が確証されるまで、日本国の領域は、ここに掲げた基本的目的の達成を確保するために占領される
③日本国の主権は、本州、北海道、九州、四国と我々が決定する諸小島に局限される
④日本国軍隊は完全な武装解除の後、各自の家庭で平和で生産的な生活に戻れる
⑤捕虜の虐待を含む一切の戦争犯罪人に対して厳重に処罰する。日本国政府は、国民の民主主義的傾向の復活強化に対する一切の障害を除去し、言論・宗教・思想の自由ならびに基本的人権の尊重を確立すること
⑥日本国が経済と産業を維持することは認めるが、戦争と再軍備のための産業は認めない。日本国は、将来世界貿易関係への参加を許される
・前記の諸目的が達成せられて国民の自由に表明する意思に従って平和的傾向を有しかつ責任ある

政府が樹立された場合、連合国の占領軍は直ちに日本国より撤収する

・我々は日本国政府に対し、直ちに全軍隊の無条件降伏を宣言して右行動に関する同政府の誠実で充分な保障を求める。それ以外の日本国の選択は迅速で完全な壊滅あるのみだ

冒頭と最後に書かれていた、日本国軍隊の壊滅や日本国の完全な破壊とは、暗に原爆の使用を示唆していた。ポツダム会談直前、アメリカは原爆実験を成功させたのだ。その実験成功の知らせは、極秘電報でポツダム会談に臨む米国スティムソン陸軍長官に知らされ、彼からトルーマン大統領と英国チャーチル首相に報告された。その電報には「赤ん坊は申し分なく生まれた」とあった。

一方、その頃の我が国政府は、中立条約を結んでいたソ連の仲介によって対米英和平工作を進めようとしていた。7月10日には、元首相の近衛文麿侯爵が特使として天皇陛下の親書を持ってソ連に行くことが決まり、佐藤尚武駐ソ大使がソ連側に近衛の受け入れを交渉中だった。このとき、特使に決まった近衛は幣原に面会して意見を求めたが、幣原は「ソ連が陛下の御信書に重きを置くとは思えられません。それは目的を達しないだけでなく、累を皇室に及ぼすから私は絶対に反対です」と猛反対した。近衛は「そうでしょうかね」と不満気味だったが、結局、近衛の派遣は、ソ連から「その必要なし」と断られていた。

近衛がソ連から断られたのも当然だった。ソ連のスターリンは、2月に行われたヤルタ会談に参加してアメリカ・イギリスと対日参戦の秘密協定を結んでいたのだ。

7月27日、ポツダム宣言が発表されると、我が国政府はその日のうちに対応を協議した。幣原も同日に外務省に呼ばれ、東郷茂徳外相らから相談を受けた。その結果、外務省の意見は、ポツダム宣言を拒否する態度を取るべきではない、黙って今後のソ連の出方を見るのが賢明、新聞には政府の見解を示さずに全文を紹介してもらう、ということになった。

その後開かれた閣議では軍部が「発表する以上断固意見を添えるべきだ」と主張したが、結局、黙殺して公式見解を出さないことに方針が固まった。夜には吉田が幣原宅を訪れてこれを報告している。

ところが翌28日、軍部が、意見を述べないと前線と銃後の士気に関わる、と強く鈴木首相に迫った。そのために夕方の記者会見で鈴木が「政府としてはポツダム宣言に何らの重大な価値ありとは考えない。ただ黙殺するだけである。我々は戦争完遂にあくまで邁進《まいしん》するのみである」と発言してしまった。

政府の方針の「黙殺」は、事を知りながら問題にせず無視することだから、本来は「ノー・コメント」と言うべきだったのに、鈴木は文字通り「黙殺」と発言してしまったのだ。

政治家は言葉を生業《なりわい》とする専門家であり、政治は言葉がぶつかり合う闘争世界である。政治家の言葉一つで政治の局面が激変することがままある。鈴木の「黙殺」はまさにそれだった。鈴木首相の発言の「黙殺」は、彼の真意とは異なる「サイレント・キルド」と訳され、reject（拒否）の意味で連合国に伝わった。

そして、日本政府がその結果としての「ポツダム宣言」の警告の意味を知るのは、この日からわずか9日後の8月6日の朝だった。

8月6日月曜日の朝8時過ぎの広島、晴。

開襟シャツ姿で通勤や通学に向かう人びとが行き交う街の上空にB29が3機現れた。「新型爆弾」（世界初の原子爆弾「リトルボーイ」）を搭載したエノラ・ゲイ号と観測機、撮影機だった。

空襲警報はなぜかその前に鳴り止んでいた。

8時15分頃、B29が急旋回して離れていった刹那、大閃光が人びとの目を刺した。次の瞬間、大爆音とともに大爆発が起こって街中が火の海になり、爆風で人びとが吹き飛んだ。

一発の原爆で街が灰燼《かいじん》に帰し、軍人・市民の別なく老若男女数万人の命が一瞬で奪われた。

広島への原爆投下で大混乱している8日、モスクワでは、佐藤大使がモロトフ外相から、ポツダム宣言の拒否を理由とし、9日から戦争状態に入る旨の対日宣戦布告の通知を受けた。

9日午前0時、ソ連軍は、「満州」（中国東北部）、朝鮮半島北部・南樺太へ怒涛《どとう》の進撃を開始。

日本の関東軍は随所で惨敗し、老幼婦女子だけの邦人移民団27万人がソ連軍の脅威に晒された。ソ連軍は武器徴発と称して村を襲って物を奪い、婦女子を暴行し、抵抗する者を虐殺した。

同日午前11時2分、今度は長崎に原爆「ファットマン」一個が落とされ、街は壊滅し、数万人が犠牲になった。東洋一と讃えられた浦上天主堂も破壊された。後に焼け跡から、ガラスの眼が溶けたマリア像の頭部が奇跡的に発見された。この無原罪の聖母の虚ろな眼差《まなざ》しは、神を恐れぬ残虐行為を行った人間に対して、人間の本性はそうではないと語りかける。

そして、「リトルボーイ」「ファットマン」とは！　一発で数万人の命を一瞬で奪い、生き残った人の命も長く蝕む原爆の恐ろしさに反するふざけすぎた暗号名に我々は強い憤りを感じる。

話をその9日朝に戻すと、広島の原爆に次ぐソ連の対日参戦は、政権首脳陣に日本の敗北以上に国体が護持できなくなるという深刻な恐怖を与えた。

そこで同日午前、鈴木首相・東郷外相・阿南惟幾陸相・米内光政海相・梅津美治郎参謀総長・豊田副武海軍軍令部総長による最高戦争指導会議構成員会議が開催され、これを討議した。その結果、①天皇陛下の国法上の地位存続、②在外軍の自主撤兵、③戦争指導者の自国での処理、④保障占領の拒否、以上4項目を条件にポツダム宣言の受諾を決定した。

しかし、こんな日本側に都合の良い条件は、ポツダム宣言で突き付けられた厳しい降伏条件に反するもので交渉の決裂は目に見えていた。そこで、午後の閣議で、あらためて受諾条件を天皇陛下の国法上の地位の存続だけに絞ることが議論された。二発目の「新型爆弾」が長崎に投下された情報はその閣議の最中にもたらされたが、閣議として結論を出すことができない。

そこで同日深夜、陛下が出席される御前会議の形式で最高戦争指導会議が開かれた。

参加者は先の構成員会議に平沼騏一郎枢密院議長を加えた7名。場所は御文庫附属庫だった。同所は宮城の森の中に隠されて建設された厚いコンクリート製の防空壕で、かまぼこ型の会議室の壁板上に並んだ丸い壁ライトが出席者の顔をオレンジ色に照らしていた。

陛下がお出《いで》になると、まず、議長の鈴木首相から、「先月26日付米英中三国共同宣言（ポツダム宣言）に挙げられたる条件中には、天皇陛下の国家統治の大権に変更を加ふる要求を包含し居らざることの了解の下に日本政府はこれを受諾す」との原案・外務大臣案が提出された。

これに対して、阿南陸相は、「一億枕を並べて斃《たお》れても大義に生くべき也、あくまで戦争を継続せざるべからず、充分戦争をなし得るの自信あり」という本土決戦論を主張し、これに梅津と豊田が賛成した。外務大臣案には、米内と平沼が賛成し、議長を除いて意見が3対3で真っ二つに分かれた。時刻は日付が変わって10日の午前2時を過ぎていた。

そこで鈴木が立って天皇陛下の前に進んだ。阿南は「総理！」と思わず声をかけたが、それ以上何も言わなかった。そして鈴木は、陛下に「聖断を仰ぎたき」旨を奏請した。

天皇陛下は、傘寿に近い鈴木に「席に帰れ」と指示し、次のようにゆっくり話された。

原案（外務省案）を採る。理由として、従来勝利獲得の自信ありと聞いて居るが、今迄計画と実行とが一致しない、又陸軍大臣の言う所に依れば、九十九里浜の築城が八月中旬に出来上がるとのことであったが、未だ出来上がって居ない、又新設師団が出来ても之に渡す可き兵器は整って居ないとのことだ。之ではあの機械力を誇る米英軍に対し勝算の見込なし。朕の股肱《ここう》（頼る臣下）たる軍人より武器を取り上げ、又朕の臣を戦争責任者として引渡すことはこれを忍びざるも、大局上、明治天皇陛下の三国干渉の御決断の例に倣い、忍び難きを忍び、人民を破局より救い、世界人類の幸福の為にかく決心したのである。

参列者のある者は声に出し、ある者は声を殺して泣いた。

ここに聖断が下ったのである。

陛下御退席後、参列者は決定案に花押し、最高戦争指導会議でポツダム宣言受諾が決定、夜明け前に開かれた閣議でも閣議決定され、直ちにその旨の電報がスウェーデン、スイスを通じて米英中ソ四国に伝達された。

12日、連合国からの回答が政府に伝わる。

その要点は、天皇および日本国政府の国家の統治の権限は、連合国軍司令官の下に置かれること、日本国政府の最終的統治形態は、ポツダム宣言に従い日本国民の自由に表明する意思により決定されるべきこと、というものだった。

この回答に、先の本土決戦派の三人は「国体が守られるのか、連合国へ再照会するように」と強く主張、陸軍の将校たちはクーデターも辞さない勢いで色めき立った。そのために連合国の回答に対する返答ができずに議論が行き詰り、諸都市が引き続き空爆を受けた。

そこで8月14日午前11時過ぎ、御文庫附属庫で二度目の御前会議が開かれた。

議長の鈴木に促されて、梅津と豊田・阿南は、声涙ともに下りつつ、「死中に活を求めて戦争を継続するほかなし」と訴えた。

鈴木が「意見を申し上げるものはこれだけでございます」と申し上げると、陛下は頷《うなず》かれて、「ほかに意見がなければ、私の意見を述べる」と前置きしたあと、白い手袋の指で涙をぬぐった後、「前回の御前会議で述べた結論に変わりはないから各員は賛成してほしい」と話された。さらに、戦争終結に関する陸海軍の統制の困難を予想して、自らラジオにて放送すべきことも述べられ、終戦詔書の渙発《かんぱつ》によりお気持ちを伝えることも命じられた。

同日午後に開かれた閣議において、「聖慮に基づきポツダム宣言を受け入れて戦争終結に必要な措置を講じる」との政府の方針と詔書の内容が決定する。

午後11時25分、陛下は宮城2階の御政務室にお出《い》でになり、日本放送協会により設営されたマイクで大東亜戦争終結に関する詔書を2回にわたって朗読され、その録音レコード正副各6枚は、1階の侍従職事務室の仮金庫に収納された。

ところが、日付が8月15日に変わった直後、陸軍の一部将校がクーデターを決行した。首謀者たちは、森赳近衛第一師団長を殺害して偽の師団長命令を出し、これによって近衛連隊の一部が宮城に乱入した。彼らは宮城内の交通と通信を遮断し、玉音放送用の録音盤と御璽《ぎょじ》、石渡荘太郎宮内大臣、木戸幸一内大臣を奪うために宮城内を探し回った。

しかし、探してもなかなか見つからない。その間に侍従武官より超短波電話機で海軍省に事態が通報され、海軍省から東部軍管区司令部に連絡が入った。

午前5時過ぎ、同軍管区の田中静壱司令官は宮城に入り、鎮圧にあたった。クーデターの首謀者は自殺、阿南陸相はその最中、「一死以て大罪を謝し奉る」との遺書を書いて割腹自殺を遂げた。

反乱軍の一部は内幸町の日本放送協会に向かい、クーデターの趣旨をラジオ放送しようとしたが、職員から抵抗を受けて失敗した。

クーデターを切り抜けたＮＨＫが、「正午に聖上(天皇陛下)の御報送があるから必ず国民は聴くように」と放送しはじめたのは、その直後の午前7時過ぎであった。そのラジオを聞いた人びとは、まさかその直前に宮城でクーデターが起こっていたとは知るよしもなかった。

正午、そのラジオ放送が始まった。まず和田信賢放送員が聴衆に起立を求めた。「君が代」

が演奏され、情報局の下村海南総裁が、天皇陛下自らの御朗読である、と説明。それから、昨夜録音された天皇陛下による勅語の御朗読と続いた。

一方、この間の幣原の動きを見ると、7月下旬に外務省から請われるままにポツダム宣言に対する意見を述べた彼は、その後の鈴木首相のポツダム宣言「黙殺」発言と二発の原爆投下、ソ連の参戦と事態が急転している状況に矢も楯もたまらず、連日、玉電と市電を乗り継いで丸の内の日本倶楽部に通っていた。同所で何か情報を得ようと考えたからだった。

8月15日の朝も幣原は日本倶楽部に行っていた。

すると事務員がやって来て、「今日正午に陛下の玉音放送があります」という。

幣原が「何の放送ですか」と聞くと、「それはわかりませんが、とにかくそういう予定だそうです」と語った。

そこで昼前、幣原がラジオ受信機のある2階の図書室へ行くと、すでに大勢の人が集まっていた。正午の時報が終ると、放送員は「これより玉音の放送です」と告げた。

一同放送員の呼びかけに従って起立した。

天皇陛下が朗読された勅書は、次の御言葉で始まった。

朕《ちん》（天皇陛下の自称）深く世界の大勢と帝国の現状とに鑑み、非常の措置を以て時局を収拾せんと欲し、茲《ここ》に忠良なる爾《なんじ》臣民に告ぐ。朕は帝国政府をして米英支蘇四国に対し、その共同宣言を受諾する旨通告せしめたり。

続いて陛下は、「交戦はすでに四年を過ぎたが、戦局は必ずしも好転せず、世界の大勢も我が国に利あらず。これに加えるに、敵は新たに残虐なる爆弾を使用してしきりに無辜《むこ》（罪のない人びと）を殺傷し、惨害の及ぶところ真に測るべからざるに至る。しかもなお交戦を継続すれば、我が民族の滅亡を招来するのみならず、人類の文明をも破却することになる、そうなっては、どうして多くの国民を守り、皇祖皇宗の神霊にお詫びできるか、これ朕が帝国政府をして共同宣言に応じるよう命じた所以《ゆえん》なり。……今後、我が帝国の受ける苦難は尋常にあらず、爾臣民の衷情も朕よくこれを知るが、堪え難きを堪え、忍び難きを忍び、以《もっ》て万世のために太平を開かんと欲す」と語られた。

さらに、陛下は軍に対して、ポツダム宣言でも国体は護持できたのだから、「激情によってみだりに事を起こして大道を誤り、信義を世界に失うようなことは最も戒める」と注意された。

最後に、陛下は「挙国一家、子孫相伝え、かたく神州の不滅を信じ、任重くして道遠きをおもい、総力を将来の建設に傾け、道義を篤くし、志操をかたくし、誓って国体の精華を発揚し、世界の進運に後れざらんことを期すべし、爾臣民それよく朕が意を体せよ」と締め括られた。

ラジオの音質は悪く、陛下の御言葉すべては理解できなかったが、日本がポツダム宣言を受け入れて連合国に降伏することはわかり、皆、顔色が青ざめた。今まで政府から徹底的に「尽忠報国」「一億玉砕」を説かれて、否が応でもその気になっていたのだから当然だった。

皆は黙って立っていて、一言も発する者がなかった。ところが、少しの間の後、隅の方に立っていた女子事務員3、4人が突然「わあっ」と泣き出し、それで沈黙が破られた。

幣原も思わず眼から涙が溢れ、ハンケチを取り出して目頭を拭いた。

彼は、日本倶楽部で平常のように雑談に応じる気がしなくなった。そこで家へ帰ろうと会館を出て市電に乗った。すると、電車の両側のシートの一方に座った乗客の中に、30代ぐらいの元気のいい男がいて、大きな声で、向う側に座った乗客を呼び、こう叫んだ。

「自分は、我が日本国がなぜ今回の戦争に突入しなければならなかったのか納得できない。政府や軍部の発表する内容は事態を胡麻化《ごまか》して国民を愚弄するものだ。戦局の進行についても、着々順調な経過をたどっているような楽観的な報道だけを掲げ、無条件降伏を必要とするような悲惨な状況が迫っていたなど、一言も発表されたことがない。国民は目隠しして屠殺場に追い込まれる牛馬と同様の取り扱いを受けているのだ」

男は盛んに怒鳴り、しまいにはおいおい泣き出した。車内の群集もこれに呼応して、「そうだそうだ」といってわいわい騒いだ。

この光景は幣原に深刻な印象を与えた。その夜、床に入った彼は、何度もこの光景を思い出して寝られなかった。

彼らの言うことはもっともだ、憤慨するのも無理はない。戦争はしても、それは国民全体の同意も納得も得ていない。国民は何も知らずに踊らされ、自分が戦争をしているのでなくて、軍人だけが戦争をしている。それを芝居でも見るように、昨日も勝った今日も勝ったと、面白半分に眺めていた。そういう精神分裂のあげく、惨憺《さんたん》たる破滅の淵に突き落とされた。

……もちろん我々はこの苦難を克服して、日本の国家を再興しなければならないが、それにつけても我々の子孫をして、その総意に反して戦争の渦中に引き込まれることがないように的確な保障を設けるには、恐れ多いことだが、憲法を根本的に改正して、国政に対する国民の指導権を強化する必要がある。

……それにしても、原子爆弾が使われるようになった以上、世界の事情は根本的に変わってしまった。おそらく次の戦争は短時間のうちに交戦国の大商都市が悉《ことごと》く灰燼に帰してしまうことになるだろう。だから世界は真剣に戦争をやめることを考えなければならない。

床の中で幣原はそう強く思った。

三　降伏文書

8月15日正午の玉音放送の後、鈴木貫太郎首相は天皇陛下に辞表を奉呈した。

翌朝、陛下は木戸内大臣の進言を受けて、皇族の東久邇宮稔彦《ひがしくにのみやなるひこ》親王に組閣を命じられた。近衛は副首相格の国務大臣として入閣して東久邇宮を支えることになった。

同日、天皇は全軍に停戦を命じられた。当時陸軍は内地に240万、外地に320万、海軍は内地に130万、外地に46万の兵力を擁していたが、ほぼ一糸乱れず停戦の命に従った。

例外はソ連と戦闘状態にあった満州と千島列島で、停戦が成立したのは同月21日。その間に双方で数千人の死者を出したうえに、ソ連軍は千島全島に加えて我が国の領土の北方四島（歯舞群島、択捉・国後・色丹各島）を占領した。千島列島は、日露戦争の結果結ばれたポーツマス条約で、樺太島の南半分とともに日本の領土になったが、ヤルタ秘密協定で、ソ連の参戦の条件としてそれらがソ連に引き渡されることが決められていた。ところがソ連は、さらに日本の北方四島まで占領したのだ。それが北方領土問題の原点になった。

一方、アメリカ政府は、ポツダム宣言に明記された対日占領政策を指揮させるため、ダグラス・マッカーサー元帥を日本占領の最高責任者に任命した。

マッカーサーは、１８８０年に米国アーカンソー州で軍人の子として生まれた。彼は陸軍士官学校を主席で卒業し、直後に父が駐日大使館附武官となったのに伴い、副官として東京に赴任して日本通になっていた。第一次世界大戦には師団の参謀長としてフランス戦線で指揮を執り、その後、陸士校長、参謀総長を歴任。１９３５年に軍事顧問としてフィリピンに赴任した。41年に大将に昇格し、フィリピン米軍司令官となった。42年、日本軍によるマニラ陥落により、有名な「アイ・シャル・リターン（私は必ず帰ってくる）」という言葉を残してオーストラリアに逃れ、米英豪蘭連合軍総司令官に就任して対日反攻作戦を指揮した。彼は先の言葉通りマニラに帰還し、終戦時には日本本土上陸の全作戦の指揮を執る元帥となっていた。

日本占領の最高責任者として日本に着任した時、彼は65歳だったが、背が高くダンディーで年齢よりずっと若く見えた。彼は常に紋章付きの軍帽と軍服を身に着け、レイバン製のサングラスを掛けて「マッカーサー・パイプ」を吹かした。そのパイプは、トウモロコシの芯を火皿に使い、芯の真ん中に煙管を刺したコーンパイプで、彼のトレードマークだった。

8月31日。晴れた夏空の下、アメリカ軍の飛行機が次々と厚木飛行場に降り立った。マッカーサー元帥と軍事秘書官のコートニー・ホイットニー准将を乗せた四発機のC54型軍事輸送機が飛行場に滑り込んだのは午後2時だった。

ホイットニーは49歳。フィリピン時代からマッカーサーに仕えた彼の腹心だった。

「反乱軍から狙撃されるのでは？」と心配する彼を抑えて、マッカーサーは一人、サングラスとコーンパイプ姿でタラップを降りはじめた。彼は途中で立ち止まって辺りを見回した。

空は青く輝き、羊雲が点々と浮かんでいた。飛行場に照りつける陽ざしで滑走路にかげろうが揺らいでいた。飛行場には他に先遣隊の米軍機が数機あり、横にわずかな数の連合軍兵士が隊列を作っていた。その後ろに、日本政府がかき集めた古びた乗用車が並んでいた。

コーンパイプを片手にタラップから日本の地を踏む元帥の姿は写真に収められて新聞に掲載され、広く流布された。その写真の彼の姿は、外国映画の当代一の映画俳優のように堂々としていたが、史上初めて外国軍の支配を受ける日本国民としては、サングラスで隠された彼の表情もわからず、いったいこれから何が始まるのかと大きな不安を持って新聞の写真を眺めた。

タラップを降りたマッカーサーは、出迎えた先遣隊の幕僚たちと握手を交わした後、件《くだん》の車に乗り込んで、宿舎として用意された横浜のホテル・ニューグランドに向かった。そして彼は、さっそく横浜税関ビルに米国陸軍総司令部（AFPAC）を設けて日本占領を開始した。

9月2日(日)朝。東京湾に入泊した米戦艦ミズーリ号。この艦上で連合国と日本との降伏文書の調印式が行われた。

この日のためにマッカーサーは、ペリー提督が江戸幕府に開国を迫った時に乗っていた黒船の星条旗を米国の博物館から取り寄せてミズーリ号の艦上に飾った。

実はその数日前、マッカーサーとソ連代表のデレビヤンコ中将との間で一問着《ひともんちゃく》があった。

マッカーサーの執務室にデレビヤンコが入ってきたかと思うと、いきなり彼は、「ソ連軍に北海道を占領させて、日本をソ米両国で分けろ。ソ連軍は最高司令官の指揮下に置かず、最高司令官の権限から完全に切り離すべきだ」と言いはじめた。

マッカーサーが全否定すると、デレビヤンコは罵らんばかりの調子で、「ソ連は必ず貴方《あなた》を最高司令官の職から罷免させてみせる、貴方が承知しようがしまいが、ソ連軍はともかく日本に進駐する!」と言い出した。

そこでマッカーサーは「もしソ連兵が一兵たりとも私の許可なく日本に入ったら、貴君も含めてソ連代表部全員を即座に投獄するから肝に銘じよ」と言って彼をにらみつけた。

マッカーサーの権幕に唖然《あぜん》としたデレビヤンコは、両肩を上げるジェスチャーをして、穏やかな調子に戻って「まったくの話、貴方ならそれをやってのけるだろうね」と笑みを浮かべ、踵《きびす》を返して執務室を出ていった。

そんなことがあったとは露知らぬ日本側の代表団は、米国の駆逐艦から乗り移ったボートでミズーリ号に到着した。そして彼らは、大勢のアメリカの将兵が取り囲む艦上に登ってきた。

降伏文書の調印を行う重光葵外相は、礼服にシルクハット姿。昭和初期に上海の爆弾事件で失った左足に着けた義足を引きずり、杖を突いて静かに立った。彼はこの嫌な役回りを、これから始まる「平和日本の産婆役」と決意して前向きに捉えた。

しかし、もう一人の署名者である梅津参謀総長は、この屈辱的な仕事を引き受けることに最後まで抵抗した。しかし、帝国憲法では、軍の統帥権は天皇の大権として独立していたから、政府とは別に陛下の軍隊の代表としても誰かが署名をしなければならず、彼は嫌々ながら引き受けた。阿南陸相はクーデターの責任を取って自刃してしまったからである。

午前9時前、サングラスを外したマッカーサーが艦橋から姿を現してマイクの前に立った。

「我々主要交戦国の代表は、平和を回復する厳粛な協定を締結するためにここに集った。……我々は、不信と悪意と憎悪の精神でここに集ったのではない……。この厳粛なる機会に、過去の流血と殺戮のうちから信頼と理解のうえに立つ世界が招来され、人類の尊厳とその最も尊重する念願、すなわち自由、寛容、正義の実現をめざす世界が生れることを私は心から希望する。それはまさに全人類の希望である。私は連合国軍最高司令官として……、私の代表する連合国の伝統に基づき、降伏条項が速やかにかつ忠実に実行されるようあらゆる必要な措置をとるとともに、私に課せられた責務を正義と寛容の心で果たすことを宣言する」

降伏文書は、緑の礼布が敷かれたテーブルの上に置かれ、両向かいに署名者用の椅子が供えられていた。日本側の随員が天皇陛下の全権御委任状を提示した後､重光､梅津が順に署名した。次いでマッカーサー元帥が署名。続いて連合国代表がアメリカ、中国、イギリス、ソ連、オーストラリア、カナダ、フランス、オランダ、ニュージーランドの順で署名した。

全代表の調印が終ると、マッカーサーは再びマイクの前に立ち、ゆっくりとした口調で「今世界に平和が蘇った。神が永久にそれを守ることを諸君とともに祈りたい。式を終了する」と宣言した。

その直後、雲の切れ目から陽光が差し込み、遠くから聞こえていた飛行機の爆音がひときわ大きくなり、B29と艦載機の編隊が艦の真上を過ぎていった。

調印式の最後を飾る一大空中劇だった。

爆音が過ぎ、マッカーサーが艦橋に帰るのを見届けた日本の代表団は、いま初めて会った占領軍元帥の言動に大きな感銘を受けた。彼は、戦争の勝利者として驕《おご》って我々を見下したりしなかった。逆に、ポツダム宣言に盛り込まれた日本における平和、安全、正義、自由、民主主義の新秩序の建設の指導を課せられた自分の責務に誠実に向き合い、それを正義と寛容の精神で務めることを人類と日本国に対して誓う真摯な態度、一言でいえば人間愛に溢《あふ》れていた。

重光の随員の加瀬俊一は、マッカーサーは平和の人なのだ、と感じ、（彼の言動ほど、「平和における勝利は戦争の勝利に劣らない」という言葉の真理を雄弁に示すものはない、仮に日本が勝者だった場合、彼のように振る舞うことができるか）と考えた。そして、彼が日本の運命を決める最高司令官に選ばれたことは、日本にとってまれな幸運ではないか、と自問した。

同日午後、重光と梅津は、東久邇宮首相とともに天皇陛下に拝謁《はいえつ》して復命した。そして重光は、加瀬が急ぎまとめた報告書を基にマッカーサー元帥の言動と彼の印象を奏上した。

陛下は、頷いて慰労の御言葉を述べられた。陛下は元帥の人柄を聞いて安心されたのだ。


しかし、だからといって、マッカーサー元帥の占領行政は、決して日本政府に都合の良いものではなかった。降伏文書の調印式があったその日、元帥の指揮下にある米国陸軍総司令部から横浜の日本側窓口である終戦連絡横浜地方事務局に三通の布告文が手交されたのである。

その中身は、占領軍の命令は日本政府を経由せずに直接日本国民に対して行う、占領政策違反者は占領軍裁判所が処罰する、占領軍発行の軍票は日本通貨とする、というものだった。

この布告文の内容を知った重光は、「これでは占領軍の軍政ではないか！」と驚き、翌日朝、横浜に急いで元帥と会見した。そして、「布告文は同意し難い」「天皇陛下は平和に熱心だった」

「天皇の政府を通して占領政策を実行することが占領軍にとって得策だ」と懸命に述べた。

すると、マッカーサーは重光の話をすんなり受けて、総司令部が直接国民に命令する布告文の代わりに日本政府に命令する形式に変更した布告文の文案を提出するよう彼に指示した。

実は、沖縄戦当時の6月に米国は、SWNCC(国務省・陸軍省・海軍省三省調整委員会)150文書で、敗戦後の日本の占領方針を直接統治形式と決めていた。その頃は、日本は冬までは「一億総玉砕」の戦争を継続すると見越して、米国は、11月1日から九州へ上陸する「オリンピック作戦」と関東へ上陸する「コロネット作戦」の二面の上陸作戦を計画していた。

ところが、広島と長崎への原爆投下とソ連参戦によって8月10日に日本がポツダム宣言の受諾を表明し、以前の見込みよりもかなり早く占領が行われることになった。そのために直接統治の準備が間に合わない。そこで米国は、SWNCC150/4で方針を変更して、「占領施策は、天皇と日本政府がその実施の意思や能力を欠く場合にはいつでも最高司令部が直接統治をする権利を有することを前提に天皇と政府を経由した間接統治を行う」方針に変更したのだ。

しかし、間接統治で問題となるのは、日本政府が占領軍の意を受けた政策を実施する意思と能力が本当にあるかどうか、だ。それを日本政府に真正面から問うても実態は見極められない。そこで元帥は、あえて直接統治の布告文を日本政府に手交し、日本政府の反応を試したのだ。

それに対して、重光は期待通りの反応を示してくれた。(玉音放送という天皇の力で軍部の武装解除は驚くほどスムースに進んだのも事実だから、重光の言うとおり、天皇の政府を利用する方が得策だ）、マッカーサー元帥はそう考えた。

それに加え、重光の説得を率直に受けたマッカーサーには独自の哲理があった。それは、「人間は自分の固辞するものや自分の知識で滅ぼされることはあるが、自分がどのような人間であるかによって救われるものだ」という真理に立脚した哲理だった。

その哲理のとおり、（重光は自分を理解してくれ、自分もまた彼を理解した。このような互いの相互理解により、私と日本政府は、これから新しい日本の創造にともに力を尽くすことができるだろう）、マッカーサーはそう確信した。

四　東久邇宮内閣総辞職

9月8日朝。マッカーサー率いる占領軍は、一つ星のマークに彩られた米軍戦車の隊列を組んで帝都への進駐式を大々的に挙行した。そして、彼は、帝国ホテルでの昼食会に臨む前に、宮城南東の日比谷濠《ぼり》向かいの日比谷通りに堅牢に屹立《きつりつ》する第一生命館を見学し、これを接収することを決めた。

11日、彼は、開戦時の東條内閣閣僚をA級戦犯（平和に対する罪）容疑者として逮捕する指令を出した。その容疑者第1号の東條英機は、自宅に逮捕に来た米兵たちを玄関先に待機させたま

ま、応接間でピストル自殺を図るが、弾丸はわずかに心臓を外れて一命を取り留めた。

15日、第一生命館の屋上に星条旗が掲げられた。この日から6階西南角の社長室がマッカーサー元帥の執務室になったのである。同室は広さ54平方メートル。壁は胡桃の木、床も楢・樫・桜などの寄せ木細工の館内随一の部屋だった。マッカーサーは、同室の引き出しのない大きな

机と革製のソファを大変気に入った。そして彼は、座右の銘である「青春とは心の有り様《よう》をいう」というサミュエル・ウルマンの「ユース（Youth）」の詩を壁に飾った。ウルマンの詩は当時の日本では知られていなかったが、これによって「青春」と訳されて政財界に広まっていった。

17日、マッカーサーは、本国の了解を得ずに、50万人は必要とされていた占領軍を向こう半年で20万人に削減する、と発表した。天皇制を利用すれば占領軍の陣容を削減できると考えたのである。寝耳に水のアメリカ議会はマッカーサーの声明に猛反発し、翌日、天皇を戦争裁判にかけようとする議決を行った。マッカーサーは内心困ったが、鷹揚としていた。

逆に米国議会の議決にすぐに反応したのは日本政府だった。翌18日、東久邇宮総理は、連合国の外国通信・新聞記者約百名と会見を行った。その場で彼は、天皇陛下には戦争責任はないこと、真珠湾攻撃についても事前に御存じでなかったことなどを表明したのである。

その間、日本政府では重光が、「米国内の空気に鑑み、海外から戦争犯罪容疑者が多いと見られている現内閣は首相を除き全員辞職すべきだ」という提案を行った。彼の気骨がそう言わしめたのである。しかし、重光の提案に対して支持・反対の意見が噴出して結論が出ない。そこで、東久邇宮は重光に「この際内閣の大改造は無理であるから、まず貴下から辞任してもらいたい」と迫った。重光はただちに承諾して辞表を提出した。外相の後任には吉田が充てられた。

一方、自主的に動かれたのが天皇陛下だった。陛下はマッカーサー元帥に会いたいとの意向を政府に示された。そこで、東久邇宮は、吉田に元帥との調整を指示した。

マッカーサーは吉田に「私の方から宮中へお伺いすることはできないが、天皇がお出《いで》くださるなら、いつでも喜んでお会いする」と答えた。

9月27日午前。陛下は御料車のダイムラーに石渡荘太郎宮内大臣と向かい合わせに乗られ、随員の車も後に続いて宮城を出発、11分後にマッカーサー元帥の居る赤坂のアメリカ大使館に到着された。陛下は、モーニングに縞のズボン、トップハットの正装で、随員とともに米国大使館の玄関に向かうと、元帥の部下の二人に出迎えられて館内に入られた。

無帽裸眼のマッカーサー元帥は迎賓室の入口で陛下を待っていた。

陛下がマッカーサー元帥に握手の手を差し出されると、元帥は陛下の手を固く握り、「本日は行幸を賜り光栄に存じます。私は日露戦争終結の際、祖父君に拝謁したことがあります」と親しく述べた。

陛下も「お目にかかり大変うれしく思います」と答えられた。

迎賓室には、陛下と通訳官の奥村勝蔵の二人だけが入室した。

元帥の案内で陛下が居室の中央に並んで立たれると、写真係が何度もフラッシュを焚《た》く。

元帥は、「写真屋とは妙なもので、バチバチ何度も写真を撮りますが、1枚か2枚しかできてきません」と笑って陛下に話しかけた。

それから二人は、部屋の隅の暖炉前のソファに座った。通訳官は二人の後ろに立った。天皇陛下は緊張した御様子だった。元帥が米国産のタバコを差し出すと、礼を言って受け取られた。マッカーサーはそのタバコに火をつけて差し上げたが、陛下の手が震えていることに気づいた。それで元帥は、陛下の屈辱の苦しみがいかに深いものであるかがよくわかった。だからマッカーサーは、（天皇は、自分を戦争犯罪者として起訴されないよう、自分の立場を訴え始めるのではないか）と不安に思った。

ところが、陛下が最初に語ったのは、「私は、国民が戦争遂行にあたって政治、軍事両面で行ったすべての決定と行動に対する全責任を負う者として、私自身をあなたの代表する諸国の採決にゆだねるためにお訪ねした」という真摯で誠実な御言葉だった。

陛下の御言葉を聞いて、マッカーサー元帥は大きな感動に揺り動かされた。（天皇は、死をともなうほどの責任、それも私が知り尽くしている諸事実に照らして、明らかに天皇に帰すべきでない責任をも引き受けようとされている。勇気に満ちた態度を示された私の目の前にいる天皇は、個人としても日本の最上の紳士だ！）そうマッカーサーは感得したのである。

奥村通訳官も陛下の御言葉の一つひとつを元帥に通訳しながら、その内容に驚いた。（海外から陛下の戦争責任が厳しく問われている今、陛下の御発言を公表できようか！）だから奥村は、陛下のこの御発言を公的記録には残さないことに決めた。マッカーサーも陛下のこの御発言は、その後、彼が死去直前に刊行した回想録で初めて明らかにしたのだった。

それからマッカーサーは口調を変えて、力強い語気で次のような趣旨の話を陛下に語った。

……戦争手段の進歩、特に強大な空軍力と原子爆弾の破壊力は筆舌に尽くし難いものです。今後もし戦争が起きれば、勝者敗者の論なくひとしく破壊され尽くして人類の滅亡に至るでしょう。現在の世界にはなお憎悪と復讐の混迷が渦巻いていますが、世界の卓見の士はこの混乱を通じて遠い将来を達観し、平和の政策を持って世界を指導する必要があります。

……日本再建の途は困難と苦痛に満ちていると思いますが、それは、もし日本が戦争を継続することによって被《こうむ》ったであろう惨害に比べれば何でもないでしょう。終戦にあたっての陛下の御決意は国土と人民に測り知れない苦痛を免れさせた点において誠に御英断でした。

……世界の世論の問題ですが、将兵は終戦となれば普通の善い人間に戻るのですが、将兵の背後には戦争に行ったこともない数百万の人民がいて、憎悪や復讐の感情で動いていて、それらが群がって世論を作る、その先端を行くのが新聞で、その取扱いは面倒です……。

元帥の話によって緊張を解かれた陛下は、彼に次の話をされた。

「この戦争については、自分としては極力これを避けたい考えでありましたが、戦争となる結果を見ましたことは自分の最も遺憾とするところであります」

この御言葉に対して元帥は、「陛下が平和の方向に導くためにお心を尽くされたことは十分諒察申し上げるところです。ただ、一般の空気が勢いをもってある方向に向かっているときに別の方向にこれを導くことは、たとえ陛下でも御一人では難しいことです」と応じた。

陛下はさらに「私も日本国民も敗戦の現実を充分認識しています。今後は平和の基礎の上に新日本を建設するため、私としてもできる限り、力を尽くしたいと思います」と語られた。

マッカーサーは「それは崇高な御心持です。私も同じ気持ちです」と答えた。

そして会談は、元帥の「今後何か御意見なり御気づきの点がございましたら、何時でもご遠慮なくお申し付け願います。本日は行幸を賜り破格の光栄です」という言葉で終了した。

そしてマッカーサーは、玄関口まで陛下を見送った。それは予定にない対応だった。

この会談で天皇陛下とマッカーサー元帥は信頼関係を築くことができた。元帥は陛下を「かつて会ったことがない純真で善良な方で、実に立派なお人柄」と惚れ込み、陛下もすっかり元帥に親しんで、その後いくどもマッカーサー元帥を訪問し、会話を楽しまれた。

しかし、翌々日（9月29日）、政府が禁じたその時の陛下とマッカーサー元帥の写真が、総司令部によって許可されて新聞に掲載されると、その写真を見た国民の誰もが衝撃を受け、敗戦国日本の現実を痛感した。

それは、両手を背中に回してゆったりポーズをとる長身のマッカーサー元帥の右隣で現人神であるはずの陛下が、直立不動の姿で写真に収まっておられる写真だった。

10月2日、マッカーサー元帥は、接収していた第一生命館に連合国軍最高司令官総司令部（GHQ／SCAP）を設置し、ポツダム宣言に則った日本改革の占領政策を本格的に開始した。日本は以降これをGHQやSCAPと呼び、政府のうえに立つ絶対的権威と認識した。

2日後（10月4日）、GHQは日本改革の第一撃として「政治的市民的及び宗教的自由に対する制限の撤廃に関する覚書」、いわゆる「人権指令」を出した。その要点は、それまで国民の政治的・民事的・宗教的自由を制限していた一切の法規の即時効力停止と廃止、天皇批判も含めた言論の自由の保障と検閲の廃止、一切の政治犯・思想犯の即時釈放、これまで国民の自由を制限していた諸機関の廃止と責任者の罷免だった。この指令によって国民の自由な思想を弾圧していた治安維持法は廃止、同法の執行機関として国民の思想を取り締まっていた特高警察も、戦争中には政府批判一つで国民をしょっ引いた「泣く子も黙る」憲兵隊も廃止された。さらに、「オイ、コラ！」と威張って国民を厳しく取り締まっていた警察組織に関しては、警視総監をはじめとする全国の警察のトップが罷免され、その直前まで「皇室を批判する共産主義者は治安維持法で容赦なく逮捕する」と豪語していた山崎巌内務大臣も罷免された。

そのため、内閣からは、「天皇の大臣を占領軍が罷免することを黙過しては日本政府の威信が地をはらう」という憤激の声が起こり、東久邇宮総理も「こんなことでは今後内閣が続いても何事もなしえないだろう、今後は、米英をよく知っている人が内閣を組織して、連合国と密接に連絡を取って国政を行うのが適当であろう」と嘆息した。

そして翌5日(金曜日)、東久邇宮内閣は総辞職してしまったのである。

GHQの占領行政が始まったとたんの内閣総辞職は、日本政治に深刻な危機をもたらした。

いったい誰が新内閣の首班となって、この重大な危機から日本を救い、GHQと連携して敗戦国日本の改革を行えるのだろうか。識者の誰もがそう思った。

五　幣原に大命下る

話は8月下旬に遡る。

敗戦が決まった後、幣原は寂寥《せきりょう》感に苦しめられていた。かねて覚悟していたものの、その日その日が非常に寂しい。その寂しさを紛らわすためもあって、彼は、戦争中も文通していた大阪中学校以来の耐久之朋《たいきゅうのとも》の大平駒槌に手紙を書き、その中で日本政府が執るべき善後策に関する私見を披露した。まだマッカーサーが来日する前のことだ。

そのころすでに、吉田茂をはじめとする知己、さらには未知己の人も含めて、幣原に官界入りや政界入りの決意を促す者があって、手紙だけでなく、家にもやって来ていた。

幣原とは貴族院議員仲間の次田大三郎もその一人だった。次田は岡山生まれ。内務省畑を歩み、茨城県知事、内務省土木局長・地方局長を歴任し、広田広毅内閣では法制局長にもなった。

彼は、戦争中は翼賛政治会総務などを務めたが、戦争の先行きにはたえず不安を抱き、小磯内閣成立のころからは、（日本は無条件降伏をする以外にない、その際は、日本はあらゆるものを失うだろうが、もし百パーセント失うものを九九パーセント失って後とわずかに一パーセントだけでも留め得るとすれば、それは幣原さんのような人がその局に当たった場合だろう）、そう考えて、以来、何度も幣原に「奮発して日本のために努力していただきたい」と説いていた。

幣原自身は、彼らの助言が自分に対する深い好意からなのだとありがたく感じる一方で、73歳の年齢による体力の著しい減退を痛感していた。もし官界か政界に入っても、体力的に到底激務に耐えられない、それにもかかわらずに責任ある立場に立つというのはあまりに不誠実だ、そうなると、いろいろ助言を受けるたびに寂しさが増してしまう。

そこで幣原は、政治とは一切隔離された山紫水明の鎌倉辺り、逗子町小坪にあった自分の別邸に引っ越して、読書でもしながら静かに一生を終わろう、と考えた。

しかし、転居前に（せめて終戦後の日本が執るべき政策に関する意見をまとめて政府関係者の参考に供しよう）、そう考えた幣原は、8月末、大平に書き送った書簡の私見を敷衍《ふえん》して「終戦善後策」という文章にまとめ、和文タイプライター業者に数部刷ってもらった。

その「終戦善後策」で彼は、次の4項目を善後策に掲げた。

1　連合諸国の我が国に対する信頼の念を深くさせること。そのために、国内の秩序治安を整然維

持すること、我が国が国際信義および公道を重んじる方針を着々実証すること
2　敗戦より生じた事態の重大性を国民一般の胸中に銘記すること。国民の間にたえず敗戦屈辱の記憶を新たにし、挙国感奮結束して帝国復興の大業に勇往する機運を促進すること。1870年の普仏戦争に敗れた時、仏国の内務大臣ガンベッタが国民に訴えた訓告「常にこれを念頭に存すべし、かつ、決してこれを口にすることなかれ」を心に刻むべし
3　我が国は国際情勢の時機を逸せず、我が国に有利なる新局面の展開を図ること。「およそ列国間の関係に百年の友なく、また百年の敵なし」、現に連合諸国間にも幾多の重要案件に関して利害を異にするところがある。我が国の政策が正しい場合には、昨日の敵を転じて明日の友とすることは必ずしも難しくない。好機に乗じて局面展開を図る準備をせよ
4　政府は我が国の敗戦の原因を調査し、その結果を公表すること。我が国の敗戦の原因がどこにあったのかは今後の新日本の建設に必要不可欠な資料になる
さらに彼は、個人的には次の4点が少なくとも敗戦の原因の一部を構成していると記した。
1　国務と統帥権との分野が事実上しばしば混淆《こんこう》し、文武両官憲の一方が他の職域を犯した
2　自然科学研究の方法が不備なために軍器の改良が遅れた。今後は科学の振興が肝要

3　空襲は所要資材および運輸施設を破壊し、それによって軍需生産が行き詰まった
4　殊に最近直接の敗因として、米軍の使用した原子爆弾の破壊力強烈なこと

幣原は、最後の原子爆弾について次のように指摘した。

「戦争の目的に有毒ガスの使用が禁止されているのに照らして、無辜の老若婦女に同様の惨害を及ぼす原子爆弾は使用を許されるべきものか、国際法や人道の問題として列強の注意を喚起する必要がある」。

毒ガスの禁止は世界世論を背景に1899年のハーグ宣言や1925年のジュネーブ議定書への多数の国の署名によって禁止されていた。原爆は開発されたばかりの兵器だからまだ禁止の議論はないが、毒ガスと同様に無辜の老若婦女に惨禍を及ぼすのだから国際法上および人道上当然禁止すべきだ、そう幣原は考えたのである。

しかし、その後核兵器禁止条約が国連で採択されたのは2017年。2021年には、批准国が51か国に達して発効したものの、核保有国はおろか被爆国の日本でさえもそれを批准していないという前途遼遠な有様である。

9月2日に日本が降伏文書に調印して占領軍の施政が始まると、幣原は、大平や他の知人に

「戦後善後策」を送った。そうしたことで、それを基に戦後の対策を検討しようという話が仲間内で起こった。そこで、9月中旬から毎週火曜日、日本倶楽部で「戦後対策研究会」という集まりが催されることになった。幣原としては、引退前に関係者に自分の考えを伝えられる良い機会だと考えて、毎回、労を厭わず参加した。

そのころ、面白くかつ懐かしい男が幣原に面会を求めてきた。衆議院議員の楢橋渡である。

楢橋は福岡県久留米の出。彼の経歴がまず面白かった。小学校卒業後に炭鉱で働いて学費を貯め、上京して中央大学で苦学して最年少で弁護士試験に合格。大正15年（1926）にフランスに留学してリヨン大学を出、次いでソルボンヌ大学のドクターコースに進み、その間に、東京市の仏貨公債事件（東京馬車鉄道買収に伴う仏貨公債をフランで払うか金で払うかの争い）に関わって東京市の顧問としてフランスで十年かけて裁判を勝ち取り、昭和14年（1939）に帰国。それから北京のグランドホテル・北京飯店をフランス人から買収して財を成した。開戦直後の昭和17年には、「翼賛選挙」に反東條・大政翼賛会非推薦で立候補して官憲の弾圧を受けながらも当選していた。懐かしいという意味は、昭和14年、十数年ぶりにフランスから帰国した楢橋が、日本でこれからどうすればよいか教えを請いに幣原を訪ねていたからだった。

このとき楢橋は、幣原の同僚で互いの妻が岩崎家出の沢田廉三フランス大使に伴われて来た。

そこで幣原は気を良くして、三人の話は延々4時間に及んだ。幣原は、国際情勢に無知な軍部の無謀さを指摘し、やがて日本は世界から袋叩きになる、と珍しく火を吐くように話した。

今、日本倶楽部の応接室で幣原の目の前に座った楢橋は、脂の乗った偉丈夫だった。巨体を国民服で包み、黒縁のロイド眼鏡にあごひげ。聞くと43歳、幣原より一世代若かった。彼は信州浅間温泉の長屋に妻と娘と三人で疎開していたが、敗戦の厳しい現実に悲憤慷慨《ひふんこうがい》し、矢も楯もたまらずに東京に出てきた、という話で、幣原にも再起を促すように説いた。

それに対して幣原は、体力的に難しいという話を繰り返して「戦後善後策」を彼に渡した。

そして幣原は、占領軍の将兵や米政府関係者などのアメリカ人がどんどん増えてきた東京の有り様を楢橋に語った。「向島あたりの芸妓と娼婦の二枚鑑札の営業店は、星条旗印の顧客の『突撃』で繁盛を極め、皇室に無遠慮な質問を行うアメリカ人新聞記者も現れた。占領軍は、言論思想の自由を日本政府に求めながら、自分たちに対する批判を許さず検閲を行って国民の自由を制限している。その中には、我が国の敗戦をことさらに強調して国民感情を逆なでする者もおり、占領軍による犯罪の犯人が検挙されなかったという話もしばしば耳にする。どこの国でも軍人心理は共通だ、しかし、今は一切話題に上げず他日を期すほかない」と。

面会の最後、楢橋は「戦後善後策」の四項目にざっと目を通した後、幣原に向かって「私は、幣原さんが遠からず、この『終戦善後策』を御自身で実行されることを確信しています」と真顔で述べた。それに対して幣原は、「いいえ、この実施は楢橋君達の世代に委ねるのです」と首を横に振った。そして二人は、欧米流に握手して別れた。

ちなみに、沢田の妻美喜は、やがて、在日米軍将兵と日本人女性との間に生まれた混血孤児を保護養育するエリザベス・サンダース・ホームを大磯の岩崎別邸跡に作ることになる。


そして10月5日、東久邇宮内閣総辞職の日を迎える。

天皇陛下は、東久邇宮から総辞職したき旨の奏上を聴許(聞いて許すこと)され、閣僚の辞表の奉呈を受けられた。そして陛下は、木戸幸一内大臣に後継内閣首班の選定をお命じになった。

木戸内大臣と平沼枢密院議長は協議し、その結果、米国側に反感のない者、戦争責任の疑いのない者、外交に精通している者との見地から、第一候補を男爵幣原喜重郎、第二候補を吉田茂外相にすることとし、御文庫で陛下に拝謁してこれを奏上し、御了解を得た。

そこで木戸と吉田が相談した結果、吉田が直接GHQの了解を取り付けるために第一生命館のGHQに赴くことになった。

吉田がサザランド参謀長の部屋に入ると、「何か用ですか」と参謀長の問い。

「実は次の内閣の首班に幣原さんが内定したので、それを言いに来ました」と話し始めると、別の用件で部屋を訪れたマッカーサーが、二人に「何を話しているのか?」と聞く。

吉田が「バロン《男爵》・シデハラのアグレマン《同意》を求めに来たんですよ」と説明し始めると、サザランドは、「総司令部としては、日本の内政に干渉する意思はないが、バロン・シデハラが経歴上好ましき人物と思われる」と答えた。するとマッカーサーは、「歳は幾つか？」と聞くので「七十いくつですよ」と吉田。マッカーサーは「馬鹿に年寄りだなあ、英語は話せるのか？」と聞く。「むろん、話せますよ」と答えながら吉田は、外務省きっての英語の達人の幣原に対して、いつかこの話をして一泡吹かせてやろうと茶目っ気で考え、ほくそ笑んだ。

吉田がその足で内大臣府に赴いて木戸にGHQの了解を話すと、彼は喜んで、吉田に今度は幣原の引き出し役を依頼した。突然の御召しでは幣原も当惑するだろうとの配慮からだった。

翌6日土曜日の早朝。吉田はさっそく岡本の幣原邸を訪ねて、玄関に出た雅子夫人に幣原との面会を求めた。応接に通されると、やがて腕まくり姿の幣原が応接に現れた。どうしたのか聞くと、その日は逗子に引っ越す当日で、慌ただしくその準備していたのだ。

「そんな場合ではありません」

吉田はさっそく内大臣の意を伝えたが、幣原は、「老齢であり、内政に興味がない」と断った。吉田は、「この際は責任を回避すべき時ではありません、速やかな時局収拾の必要なときです」と、口酸っぱく説いた。しかし、幣原はいろいろと理屈をこねて承知しない。吉田は一時間くらい粘ったが、ひとまず負けた格好で、「今に宮中から御召しがあるから、覚悟していなさるがよい」と言い置いて幣原邸を去って行った。

幣原は吉田の言葉を気にして、万一に備えてモーニングを鞄に入れつつも引っ越しの準備を続けた。程なく、かねて方々駆け回って手配したトラックが1台、作業員を乗せてやって来た。作業員はてきぱきと引っ越しの荷物を積んで、やがて作業が終わった。幣原と雅子はトラックを見送った後、少し待ったが、訪問客もなさそうなので、支度をして家を出ようとした。

その出あいがしらに運転者だけの黒塗りの乗用車がやってきた。幣原の前に停まった自動車から運転手が降りて、彼に手紙を渡した。開けてみると、「早速御参内相成度し」、すぐ参内してほしい、という侍従長からの手紙だった。車は宮内省からの迎えの車だった。

それで幣原は、引っ越しを延期し、急いでモーニングに着替え、その車で宮内省へ向かった。昼頃に宮内省に到着すると、木戸が幣原を待っていた。大膳部に手配していた昼食を食しながら、木戸は幣原に後継内閣を組織するように話し、ともかくも拝謁してほしい、と依頼した。

午後1時、幣原は御文庫で陛下に拝謁した。陛下は特に幣原に椅子を許されたうえで「非常な難局であるから、卿には気の毒であるが、この際内閣の組織をするように」とお話しになった。

幣原は、「難局なるが故に尻込みする訳ではありませぬが、私には自信がございませんから大命を拝辞したいと考えます」と奉答した。

すると陛下は、「この際何人が充分なる自信をもって内閣を組織し得るだろうか。誰も確信を持ち得る者はないであろう。駐米大使、外務大臣を卿が務めてくれた当時の我が国は道も誤らず英米から高く信頼されていたのであるから、ともかくも努力せよ」と静かに説かれた。

幣原は、陛下の御言葉を聞いて、いかにも御心痛の御様子と拝察した。そして彼は心の中で23年前の出来事を思い出していた。

大正11年（1922）、ワシントン会議を成功に収めて帰国した幣原は、ほどなく当時摂政の宮だった陛下に拝謁を命じられた。そのとき若き陛下が自分に与えてくださった慰労の御言葉に幣原は身に余る光栄と感激を覚えた。そして彼は、帰宅後座敷に正座し、しばらくの間瞑目した。まぶたに陛下の優しいお顔が浮かぶと感激が蘇って両目から感涙が溢れ出た。ちょうどお茶を持って座敷に入った雅子が驚くほど彼は号泣した。

幣原はあらためて陛下を見上げて、事ここに至ってはこのうえ御心配をかけては相済まない。自分でできることなら、生命を投げ出してもやらねばならぬ、と堅く心に誓った。それで、

「幣原にはこの大役が務まる自信はございませんけれども、全力を尽して御意を奉じましょう」

そう申し上げた。

幣原の言葉を聞いた陛下は大きく頷かれた。

六 組閣

その日、「幣原は参内したが、大命を拝辞する模様」という情報が関係者の間に広まっていた。幣原に直接大命を拝受するように強く願っていた次田は、それを聞いて気が気ではなかった。彼のもとに「幣原君は宮中から退下して、麻布市兵衛町の外務大臣官舎（現在の外務省飯倉公館）に入った」との連絡を受けて、次田は官舎に乗り込んだ。

すると幣原は、「君の来るのを待っていた。電話で呼ぼうと思いながら、記者に掴《つか》まっていた」と話した。次田が、「噂によれば、大命を拝辞されるとのことですが、かねて申し上げたとおり、今日の場合、貴方でなければこの難局を切り抜け得る人はないと信じます。勇気を出して内閣を作ってください」と迫ると、幣原は、「いや、自分はすでにお引き受けすることに決めた。毀誉褒貶はおろか、自分の生命の問題などは眼中にない。どうか一緒になって私の相談相手になってやってもらいたい」と力強く述べた。

幣原は組閣にあたり、東久邇内閣の外務大臣だった吉田には留任してもらうことにしたが、そのほかは、いったいどういう人がどういう役目によいのか、さっぱり見当がつかなかった。なにしろ、満州事変勃発当時に第二次若槻内閣が総辞職し、外務大臣を退いて以来14年も政局を離れていたのである。だから彼は次田に組閣の相談相手になってもらいたかった。

次田は「よく御決心してくださった、国家のため慶賀に耐えません。私も不束ですが、大命降下の際には御奮発願いたいと申し上げていた御縁もあり精一杯お助けいたします」と答えた。

翌7日は日曜だったが、外務大臣官舎を組閣本部として、次田と吉田を相談相手に幣原の組閣が始まった。幣原は開口一番、次田に書記官長をやってほしい、と話を切り出した。

「それは最も不適切な人選です」と次田は強く断ったが、「そんなことを言わないで引き受けろ」と吉田から言われて次田はやむを得ず引き受けた。

警察を管轄する内務大臣の人選は苦しんだ。過去に特高警察に関わった者はGHQから抗議される心配があるので、前田多門前文相に白羽の矢が立った。しかし前田は、「とても自分には務まらない、もし文部大臣として将来の日本の教育のためにやりかけた仕事をやらせてもらえるなら喜んで留任する」ということで文相の継続に決まった。肝心の内務大臣は、警察色が薄く、神奈川県知事や東京市の市長などを歴任した堀切善次郎を候補者に選び、夜に承諾を得た。

大蔵大臣は、大蔵省出身の官僚のたらい回しは不可とし、民間出身者にも適当な人物がいない、と次田は悩んだが、ふと、澁澤栄一の孫で日銀総裁の澁澤敬三ではいかがか、栄一は親米主義者としてアメリカに知られた人だから、アメリカでも良い感じで迎えられるのでは？　と思いつくと、幣原も吉田も大賛成。そこで澁澤に来てもらうと、思いのほか難色を示した。

しかし、澁澤の妻は幣原の妻雅子の姪、つまり、澁澤は幣原の甥になるから、幣原がその筋で説得すると、澁澤は「一時間半程待ってほしい」との話。次田は、「シメタ」と内心ほくそ笑んで「明日の朝回答してくだされば結構です」と話して彼を解放した。

農林省と商工省は、元は農商務省という一つの省だったので一つにし、大臣に商工大臣経験者である松本烝治を充てるという案を吉田が考え、吉田はさっそく松本の家を訪問して承諾を得ることになったが、松本は「明日組閣本部で話を伺ってから回答する」と返事した。

一方、陸軍大臣と海軍大臣は、ポツダム宣言受諾によって間もなく解職されるが、まだ官制として残っているので、前内閣の下村定陸相と米内光政海相の留任として承諾を求めに行った。下村は承諾したが、米内は健康上の理由で難色を示し、豊田副武軍令部総長の名を挙げた。ところが、豊田の家に行くと、今度は豊田が、米内と相談して明日答える、との答えだった。

その夜、楢橋渡が組閣本部にやってきた。

楢橋は幣原を日本倶楽部に訪ねた後、家族と信州に疎開して連絡先が不明になった。

そこで幣原が面白い手筈で彼を呼んだのだ。

当時、ＮＨＫのラジオで、国民の多くが聞き耳を立てて熱心に聴いていた番組があった。一つは復員兵の引上船の情報などを伝える「復員だより」であり、もう一つが、戦災や疎開で連絡が付かなくなった個人の消息を日本放送協会に寄せるよう伝える「尋ね人」だった。

幣原はＮＨＫに頼んで、その「尋ね人」で楢橋に呼び掛けてもらったのである。

温泉宿の主人から「『尋ね人』に先生の名前があった」と言われて楢橋がＮＨＫに問い合わせたところ、「幣原新総理からのお呼び出しです」と言われて慌てて駆け付けたのである。

楢橋のことは吉田も次田も知らなかったが、幣原は「私はよく知っている、法律家でフランスでも日本のために活躍した人物だから、法制局長官はどうか」と相談すると二人は了承した。

幣原は楢橋に向かって、「楢橋君、いよいよあなたが出る幕となった。一つ思い切って協力してください。私は貴君を見込んで呼び出したのだから、私の腹心として法制局長官を引き受けてもらいたい」と熱く語った。

内閣法制局長官は、閣議に付される法律案・政令案および条約案の審査や解釈などを担当する法制局を統括し、さらに当時は、全官僚の監督査察をする立場でもあった。楢橋は、小学校出で炭鉱夫となった自分が、まさか官僚の総元締めになろうとは夢にも思わなかったが、幣原の力強い期待の言葉を意気に感じて引き受けた。

翌8日。前日に候補者に挙げながら東京に不在だったため、この日に来てもらった田中武雄が運輸相を、芦田均が厚生相を、岩田宙造が司法相を、即答あるいは暫時の猶予を求めながらも承諾した。ところが、組閣本部にやってきた松本は、「自分は血圧が非常に高いので、省を持った大臣は引き受けかねる、国務大臣として幣原さんを助けることを希望する」と回答した。

そこで、農林相と商工相を選ぶ必要が生じ、前者には松村謙三、後者には小笠原三九郎が適任となったが、松村から「非常に困難な仕事」と一度断られたものの最後は二人とも承諾した。

残るは海相だが、豊田からは承諾の返事が来たが、吉田が内内で出した書簡の返事として、GHQから海相は前任者米内の遺留が望ましいとあった。裏を返せば、連合艦隊司令長官や軍令部総長としてアメリカと戦った豊田は不適ということで、やむを得ず、米内が遺留を認めた。

このようにして、次田と吉田、楢橋が組閣本部の参謀役となって、閣僚候補が次々に決まっていった。その顔触れは、まさに当代日本の選りすぐりの人物だった。

翌10月9日(火)午前。宮城表拝謁の間で幣原の内閣総理大臣親任式が行われ、その後、各閣僚の親任式も行われた。それから幣原と閣僚たちの記念写真の撮影となった。

従来、そして東久邇宮内閣でも、新閣僚の記念写真は、首相官邸の玄関ホール入って右手、西階段の段々に総理と閣僚が並び立って撮影されていた。

首相官邸は、昭和4年(1929)に竣工された鉄筋コンクリート2階建てで、旧帝国ホテルを設計したフランク・ロイド・ライトの様式を受け継いだライト風の建物である。ちなみに、平成14年(2002)に新しい官邸が竣工すると、約50メートル南に建物ごと移動して首相の日常の住まいである首相公邸となった。

そのような歴代内閣の写真撮影場所とは異なり、というよりもむしろ意図的に変えて、幣原内閣は、帝国議事堂の北西、空襲で焼けた陸軍参謀本部跡の平地で、空襲除けの墨色が残る帝国議事堂を背景に記念写真を撮影した。前列の幣原と閣僚が椅子掛け、後列の閣僚が起立している。その写真に収まった彼らは、一番若い楢橋が43歳、次に若い49歳の澁澤以外は60歳を超えた人たちだが、これから新しい日本を作り上げようという気概に満ちた面構えだった。

七　内大臣府と憲法改正問題

その幣原内閣発足の日。

幣原新総理と新閣僚たちは、記念写真を撮った後、首相官邸2階の閣議室に移動して初閣議を開いた。

閣議室は、直径5・2メートルの巨大な円卓と、それを囲んで肘掛け椅子が並べられていて、椅子の前ごとに硯と筆が置かれている。出席閣僚が閣議書に花押を記すためである。

幣原と各閣僚はさっそく巨大な円卓を囲んで、初閣議後に幣原が発表すべき談話に関して協議したが、皆活発な発言で、日本の新聞記者に対する会見の時間が困難になるほど大いに盛り上りあがった。それで幣原は、（これは良い内閣になる）と確信を持った。

翌10日午前の臨時閣議では、さっそく選挙法の改正や総選挙などを議論し、午後は日本人記者に対して、一日遅れのお詫びとともに総理談話を発表した。

総理談話は、GHQの占領政策の受け手以上に、幣原内閣としての自律的な問題意識と解決策を盛り込んだものだった。

長い間政治生活から離れていた老骨の私が、今回はからずも大命を拝して内閣を組織することになりました。これまったく史上未曾有の大変革に際会して一身の成敗利鈍《せいはいりどん》を顧みず、最後の御奉公を致そうとの微衷《びちゅう》に外なりません。……我々の使命は天地の公道に基づく政治と、国際正義、人類共存の大義に則る外交とを樹立して国家民生の安泰とその永遠の発展とを図り、究極において世界の文運に寄与せんとするにあるのは申すまでもありませぬ。

これが為に庶政の改革を断行して人心を刷新し、新日本の出発に際して緊急必須の諸政策を実行し、国民の凡《すべ》てが輝かしい将来への希望を繋ぎ得るよう最善の努力を尽す覚悟であります。

そして、具体的には前日の初閣議で議論した次の8項目の政策を掲げた。

1　民主主義政治の確立　五箇条の御誓文の精神に則り、国民の基本的権利の尊重と言論集会結社の完全な自由の回復による民主主義政治の確立。貴族院衆議院の速やかな制度改革

2　現下きわめて緊迫している食糧問題の解決

3　復興問題　大中の諸都市、産業生産施設の大部分を失った現下の日本の復興建設。目先のことではなくいまこそ国家百年の大計のために雄大な構想が必要

4　失業問題　失業対策として、政府も土木工事、開墾事業など具体的な計画を実施する

5　戦災者の救護在外同朋および軍隊の処理　戦災者の救護、海外にある同胞および軍隊の保護と迅速な還送、帰還将兵ならびに軍人遺族の救護

6　行政整理　行政機構に一大刷新を加え、官僚の積弊と綱紀の弛緩に思い切った切開手術を施し、非違《ひい》の行為ある官僚に処分を断行し、広く人材を登用して行政の能率化を図る

7　財政および産業政策　戦争遂行関係の政策の徹底的緊縮と物価政策の再検討、統制経済の是正。民生安定・産業転換・文化高揚に重点的に十分な考慮を払う

8　教育および思想　軍国主義的画一教育に代わり、個性の完成と国家社会への奉仕を目標とする進歩的教育制度を確立し、人文自然科学の振興に努力をする。変革期にややもすれば陥り易い自暴自棄の気風を一掃し、道義の作興と進取《しんしゅ》的気風の振興に遺漏《いろう》なきを期す

敗戦国日本には課題が山積していた。幣原内閣は、前内閣では着手さえできなかったさまざまな課題を八つに分けてすべてに取り組む決意を示した。この中に憲法改正に関する項目がないのは、この8項目こそが、GHQの指令を待ってなどいられない、ただちに手を打たなければ

ばならない喫緊の課題だからであり、帝国憲法が欽定憲法であることからしても当然だった。

そして、翌11日の幣原内閣発足3日目。その日は夕方5時から、幣原首相がはじめてマッカーサーと会見する日だったが、午前中に石渡宮内大臣が総理執務室に幣原を訪ねた。

石渡は幣原に「今度、内大臣府御用掛に近衛公爵に来てもらって、高木八尺博士らの学者を集めて憲法改正の調査をやってもらうことになったので了承してほしい」と話を切り出した。

石渡の話を聞いて幣原は、4日前の10月7日、組閣開始初日に幣原が近衛に挨拶に行った時の話を思い出し、あわせて、昨日、天皇陛下に一般政務に関して奏上した際に、陛下から伺った話を思い出した。


まず、10月7日、幣原は近衛から次のような話を聞いていた。

「先日、マッカーサーに会った際、マッカーサーから『あなたはまだ年の若い政治家であるから、あなたが中心になって、周囲にしかるべき学者、実務家などを集めて、日本憲法の改正について調査をされることが誠にふさわしいと考える』という話があったから、自分はそれをやりたいと思う」と。

しかし、実際には、近衛がマッカーサーと会談したのは、東久邇宮内閣瓦解《がかい》前日の10月4日、すなわち、GHQが同内閣に人権指令を発した日の夕方に行われていて、日本側が近衛と奥村だけだったのに対して、ＧＨＱ側はマッカーサーの他にサザランド参謀長、アチソンＧＨＱ政治顧問が同席した。その会談の中で近衛がマッカーサーに対して「政府の組織および議会の構成について、何か御意見なり御指示があれば承りたい」と質問した際、マッカーサーは彼に次のような話をした。

第１　憲法は改正を要する、改正して自由主義的要素を十分取り入れなければならない

第２　議会は反動的である。議会を解散しても、現在の選挙法のもとでは、顔触れは変わろうが、同じタイプの人間しか出てこない。これを避けるためには、選挙権を拡張しなければいけない。それには、第１に家族。婦人参政権を認めること。第２に労務。物を生産する労働者の権利を認めること。

それを受けて近衛はマッカーサーに

「私は、いろいろな事情から、思ったことを充分為し遂げることができなかった次第ですが、今後は、元帥の激励と助言とによって、国家のためできる限りご奉公したいと考えています」

と答えた。

その言葉を受けて、マッカーサーは、

「それはまことに結構。公は封建的勢力の出身だが、コスモポリタンである。世界を広く見ておられる。しかも公はまだお若い。敢然として、指導の陣頭にお立ちなさい。もし公が、その周囲に自由主義的分子を糾合《きゅうごう》して、憲法改正に関する提案を天下に公表すれば、議会もこれについてくると思う」

そう答えたのだった。

この会談は、東久邇宮が突然内閣を投げ出す前日に行われたのだから、マッカーサーは、内閣の副首相格の近衛に対して「反動的な議会を変えるために今後も指導力を発揮して欲しい、憲法についても、自由主義的な改正案を提案すればよい」と助言したのだった。

しかし、東久邇宮内閣は翌5日に瓦解してしまう。そこで急いだのは近衛だった。まず、7日に後継首班として挨拶に来た幣原に「自分がマッカーサーから指示されて憲法改正の調査を行う」と釘を刺して、翌8日には、高木と彼の弟子の松本重治、側近の牛場友彦を引き連れてアチソンを訪問して彼から非公式に改正憲法に必要な見解を聞き取った。その足で近衛は、木戸内大臣を訪ねて、GHQ側の話をしたうえで「延び延びに時を過ごせば司令部側から憲法改正案を突き付けられる恐れあり、これは欽定憲法としては堪え難きため、速やかに善処の要ある」と述べ、内大臣から「容易ならざる問題につき、充分な考慮を約す」との言葉を得て、近衛が内大臣府御用掛として憲法改正の提案を行うことで話がまとまった。

翌9日午前、閣僚の親任式の前に幣原は木戸から、憲法改正問題について相談を受けていた。そのとき幣原はきわめて消極的で、「憲法は改正せずとも運用によって目的を達することができます」と述べた。木戸は、「自分も同意見ですが、米国は日本の憲法を自由主義化するという政治的意図を持っていますから、結局、改正を強要されるでしょう」と語ると、幣原は「その場合は屈服する外ないでしょうが、憲法は欽定のため、由由しき問題となりますから、さらに考慮が必要です」と応じた。木戸は「聖上からも憲法改正問題について御下問がありますが、なにぶん憲法の改正ははじめての問題であり、内大臣として大体の見通しでは奉答もできかねますから、近衛公を中心に調査を進める考えです」と述べ、幣原は「それには異存ありません」と答えた。

そして10日午前、木戸は天皇陛下に憲法改正問題の経緯をご説明して、近衛に憲法改正の調査を命じたい旨願い出て、陛下が聴許された。陛下は、午後に幣原をお呼び出しになった際に、近衛に憲法改正の下準備を命じるべき旨を幣原に伝えられた。

当時は、「宮中・府中(政治)の別」といって、宮中の制度である内大臣と内大臣府、宮内大臣と宮内省・宮中顧問官は、政治を司る内閣とは別個の独立した組織として天皇陛下を常時輔弼《ほひつ》する任にあたっていた。それで11日午前に石渡宮内大臣が総理執務室を訪れて、近衛が内大臣府御用掛として憲法改正の調査を行うことの了承を求めたのである。

その際、幣原は石渡に対して「木戸内大臣が陛下を御援けするうえにおいて、憲法改正に関する調査をなさることは政府として異存を言うべき筋合いではありません」と答えた。

実は、10月4日の近衛とマッカーサーの会談からの経緯で、憲法改正に関して重大な点がわかりにくくなっていた。近衛とマッカーサーとの会談から近衛と木戸との相談、そして陛下への奏上の各段階では、憲法の改正については、明らかに「憲法の改正に関する提案」、つまり、憲法改正案を策定する話で進んでいたが、近衛や石渡は、幣原に「憲法改正の調査」、つまり、憲法は改正する必要があるかどうかの調査だけをする、というニュアンスに変えて話していた。それは、「宮中・府中の別」により、憲法改正案の策定は明らかに府中すなわち内閣が行うものだから、宮中の内大臣府としては、「憲法改正の調査」と言い換えたのだ。そのために幣原内閣の閣僚たちは皆、近衛は宮中の内大臣府御用掛として憲法の改正の必要性の調査を行うのだと思い込み、その前提で対応を検討することになる。

事実、11日午後の閣議の冒頭で幣原が、近衛や石渡から聞いた話をすると、閣僚の中からさまざまな発言が出た。ことに松本国務大臣は、「そのことが世間に発表されることは面白くない結果を生じる恐れがある。近衛公が内大臣御用掛としてなさることは宜しいが、『憲法の調査』をすると発表することは見合わせていただきたい」と強く主張した。そこで幣原は、閣議中しばしば席を立って木戸内大臣に電話を掛けて、「近衛公爵を中心とする内在府における憲法改正の調査が外部に漏れないことに願いたい。『近衛公は内大臣府における御用掛となって、内大臣が陛下を常時輔弼するその相談相手になったのだ、だから近衛公の意見を述べる事柄は宮中・府中各般の問題に関したものだ』ということにしてもらいたい」と依頼し、木戸も承諾した。

それから閣議は、総理談話の一項に関する、衆議院選挙法の改正と総選挙に関して議論して、選挙権の25歳以上から20歳以上への年齢の引き下げと婦人への参政権の付与、選挙区制を小選挙区から大選挙区へ改めることなどで閣僚の意見が一致した。

その日午後5時、幣原はGHQに赴き、マッカーサー元帥と初会談を行った。

二人は互いに未知の間柄だったが、英語の達人である幣原がマッカーサーと差し向かいで話し合うと、たちまち肝胆相照《かんたんあいて》らし、「英雄、英雄を知る」の言葉のとおり、マッカーサーは幣原を賞讃し、敬意を払うようになった。

この二人の最初の会談の冒頭、マッカーサーは幣原に対して、「ポツダム宣言の実現に当たっては、日本国民が数世紀にわたり隷属させられた伝統的社会秩序は是正させることが必要である、このことは疑いもなく『憲法の自由主義化』を包含すべきだ」と述べた。

そして、彼は、「日本国民はその心理を事実上奴隷化する日常生活に関するあらゆる形式の政府の秘密審問より解放され、言論および信教の自由を抑圧するあらゆる形式の統制より解放されなければならない。能率化の名を借りたり、その必要を理由として行われる政府による国民の組織化は一切廃止する必要がある。そのためには、日本の社会制度に対する諸改革をできる限り速やかに実行することを期待する」と語り、①婦人参政権、②労働組合の結成奨励、③学校教育の民主化、④国民を抑圧する諸制度の撤廃、⑤経済制度の民主化、の5項目を挙げた。

マッカーサーは最後に「もし、この5大改革の中で実行不可能なものがあればそれを言ってほしい、さらに自分が考える。しかし、黙っていて承知した顔をして実行しないということは過去にはないではなかったが、それは困る」と念を押した。

これは幣原に対するマッカーサーの談話だったが、後に「五大民主化改革指令」と呼ばれたとおり、幣原内閣の上位に立つSCAPから内閣に対する指令だった。「憲法の自由主義化」も、SCAPから幣原内閣に対する正式な「自由主義的憲法への改正」の指令だったのである。

しかし、マッカーサーの穏やかな口調もあって、彼から直接この談話を聞いた幣原は、アメリカの対日占領政策は案外穏健なものじゃないか、と思った。たとえば、婦人参政権を含めた民主主義政治の確立や経済制度・教育の民主化は、内閣発足時の談話に織り込み済みだった。「憲法の自由主義化」に関しても、それが自由主義的憲法への改正を直接意味するというよりも、憲法を改正せずとも、解釈や運用でいかようにも運用できる、現に婦人参政権については、マッカーサーに会う前の閣議ですでに決定したのだ、彼はそう考えた。そこで幣原は、マッカーサーに対して、微笑していねいに同意を表明したうえで「例えば婦人参政権にしても、貴国と異なり、日本では憲法を改正しなくても選挙法のみで改正は可能です」と語った。

ところが、そのマッカーサーの談話は、幣原との会談の直後に太平洋米軍司令部渉外局からそのまま発表され、翌12日の新聞各紙で大きく報道された。

そこでその日午前の閣議で幣原は、「憲法の自由主義化の部分については、連合国側が必ずしも憲法の改正を申し入れたのではなく、その後の5項目の実現には憲法改正が必要であろうという連合国側の見解であって、その目的が達成されれば憲法改正の必要はないと私は理解しました」と報告した。そして、5項目に関しては、実現可能かどうか各省に持ち帰って検討するよう申し合わせることになった。

閣議後、宮内省より、近衛公が内大臣府御用掛に任命されて、天皇のおぼしめしを尊重して憲法改正の調査をすること、それには京都大学の佐々木惣一博士らを嘱託としてこれを補助させることなどが発表された。宮内省はこの発表でも、近衛は憲法改正を行うのではなく憲法改正の「調査」を行うこととした。ところが、この件は、幣原が木戸に対して公表を控えてもらうように懇切依頼して木戸もそれを了承したのだから、内閣の閣僚は皆憤慨した。しかし、すでに発表されてしまったのでどうすることもできない。

そのうち、首相官邸に新聞記者がやってきて、幣原は、彼に対する囲み取材で「いったい憲法改正の調査について内大臣府で行われるにもかかわらず、政府ではうっちゃっておいてよろしいのですか？」というような深刻な質問を受けた。

翌13日土曜日の朝。朝日新聞は、「近衛公ノ憲法改正ノ調査」を一面13段抜き、近衛・佐々木・高木の顔写真付きのトップ記事で大々的に報じた。

午前10時からの閣議では、さっそくこの新聞記事が問題になった。

松本国務大臣は「このまま政府が何もせずにおるならば、内閣の運命に関わるおそれがある。何か手を打たなければならない」と強く主張した。

それから、喧々囂々《けんけんごうごう》、閣議は次のような議論で沸騰した。

「憲法改正が国務であることは疑いない。宮内省の調査は行き過ぎではないか」

「内大臣は常時輔弼する関係上、参考のために憲法改正の調査をされることを、国務を侵犯したと言う訳にもいかない」

その結果、内閣としても松本国務大臣を主任として憲法改正の調査を行うことに決定した。

しかし、閣議でなお、「内閣と内大臣府での憲法改正の調査が相矛盾する場合も考えられないことはない、その場合の対応と問題が起こる」などと議論していたところ、近衛公が幣原に会見を求めてきた。近衛の要件とはこの件だろうということで、閣議後の記者会見を夕方まで延ばしたうえで、午後1時から幣原は近衛との会談を行った。

近衛との会談後の閣議で幣原は、「『政府では憲法改正の調査をする、内大臣府の調査とは充分連絡を保って行うから、その間に矛盾、衝突の起こらないことを確信する』という趣旨の発表を行うことにしたい」と述べて閣僚の了解を得た。

閣議後、幣原は、次田にその真意を語った。

「内閣で憲法改正の調査を行うと今直ちに発表した直後、内大臣府の調査を政府へ移すことは近衛公の面子《めんつ》に関わるので難しい。しかし、近衛公から『この調査は結局政府の方に合流することになろう』という見解を得たので、今日の場合はあのような発表で満足するほかなかった」

一方、幣原との会談によって、内閣からも内大臣府御用掛として当面の間「憲法改正の調査」を行うことを了解された近衛は、同月21日(日)、箱根宮ノ下の奈良屋旅館に高木や佐々木らに集まってもらい、改正憲法草案の検討をはじめた。それを旅館で行ったのは、明治20年(1887)に伊藤博文が伊東巳代治、金子堅太郎らと金沢八景の東屋で帝国憲法の草案を検討した故事に倣ったものだ。なお、帝国憲法は、東屋でその草案の入った鞄の盗難事件が発生したため、伊藤らは横須賀夏島の別荘に所を移してその草案を完成させている(夏島憲法草案)。

ところが、2日後の23日の朝刊各紙に、「近衛公の談話」とする、AP通信社特派員ラッセル・ブラインズの記事が大きく掲載された。その近衛の談話は、「自分がマッカーサーから憲法改正運動の先導をするよう示唆され、それを天皇陛下に御報告申し上げたところ、陛下が自分に憲法改正に着手せよと命ぜられた、改正草案は近衛から陛下に11月中に奉答する考えだ、議会に提出するに先立って米軍の承認を求める、改正皇室典範に天皇の御退位の手続きに関する条項を挿入する」などの内容だった。それは、憲法問題について、憲法改正の調査でなくて憲法の改正そのものを行うことを大々的に報じ、さらに、天皇陛下が御退位の意向を御持ちのような印象を与えて世人に大きなショックを与えるもので、政府でも大問題となった。

憲法改正問題が一挙に政治問題化したのである。

同日朝、次田書記官長はさっそく幣原と松本と相談し、幣原から内大臣府に対してこれを詰問してもらうことにした。

そこで幣原は木戸に会って「今朝の新聞に載っている近衛公の談話については、おそらく誤訳もあるとは思われますが、あのままでは政治上すこぶる困難を生じる恐れがあるので、近衛公においては声明されるとか何とか善処されるよう尽力していただきたい」と希望を述べた。

木戸も「自分のところでも非常に困っているので、早速手続きを取ります」と答えた。

翌24日午前、近衛は、訂正文の文案を持って松本と会った。その午後、松本は幣原や次田に近衛との会談の様子を話した。

「近衛公は意気消沈して、取消文の文案を私に示して『これでよろしいか』と聞かれた。その内容とは、『陛下がお命じになったのは、憲法改正の御発議が出る場合の、陛下の御心構えをつくられるために内大臣に下準備の調査をせよということ』『11月中に奉答とは、憲法改正の草案ではなく、御下命への奉答のこと』『憲法改正の御発議が出た場合は、当然、政府の手で草案が作成された後に議会に提出されなければならない』『「米軍への承認」とは、非公式に米国側の意向も参酌するということ』『「陛下の御退位」云々とは、外人記者の誤解である、陛下はポツダム宣言履行の義務をもっておられるので軽々しく御退位されるなど考えておられない、と言ったのだ』などでした。結局、午後3時頃新聞記者に会って、このステートメントを出すとのことですから、明日の新聞には、この問題についてはひとまず片付くでしょう。しかし、お気の毒なことは、近衛公の面目が丸潰れとなり、公は内外の信用を失うことになるでしょう」

松本の説明を聞いた幣原と次田は、安堵したと同時に、近衛を気の毒に思い、互いに顔を見合わせた。

そして翌25日、新聞各紙は、近衛の訂正会見の内容を伝えた。幣原も次田も「これで問題も収束に向かう」と話し合った。しかし、そうは問屋が卸さなかった。

AP通信社は、米国内外の新聞社に記事を配信する組織だから、近衛談話の記事もその一つで、日本の各紙が報じたのはその翻訳だった。連合国国内の世論では近衛は戦争犯罪人として逮捕されるべきだという声が高かったから、米国の各新聞は、AP通信の近衛の談話記事の中で特に、近衛がマッカーサーから示唆されて憲法改正を進めているという点を取り上げて、マッカーサーを厳しく批判した。26日の『ニューヨークタイムズ』は、「近衛が日本の憲法を起草するにふさわしいというなら、（ナチス・ドイツの）ゲーリングもアメリカ合衆国の首相《ママ》になれる」と最大限の皮肉を述べ、『ニューヨーク・ヘラルド・トリビューン』も、「極東においてアメリカが犯した馬鹿げた失敗の中で、もっとも甚だしいのは近衛公爵を日本の新憲法の起草者として選んだことだ。それは拳銃強盗に少年院の規則を制定させるに等しい。日本の民主主義の発展を促進させるためにマッカーサー元帥が行った米軍のすばらしい行動は、彼が日本を民主主義に導く人間として近衛を受け入れたことで完全に無効にされた」と厳しく批判した。

ＧＨＱ内でも、カナダ外務省から派遣されて対敵諜報部（ＣＩＳ）調査分析課長となっていた日本通のハーバート・ノーマンが、近衛と木戸を戦争犯罪容疑者として告発する覚書をまとめていて、提出先のアチソンに対してその内容を報告していた。

そこで、ＧＨＱは、11月1日、次のような声明を発した。

> 日本憲法の改正にあたり近衛公が演じている役割について、重大な誤解があるように思われる。連合国軍当局としては、憲法改正のために近衛公を選んだのではない。東久邇宮が辞職するまでは、近衛公は副首相であった。したがって副首相の近衛公に対し、日本政府が憲法を改正しなければな

らないことを伝えたのである。翌日、東久邇宮内閣は辞職したので、連合軍当局に関するかぎり、近衛公は憲法改正問題についてそれ以上なんらの関係を有していない。最高司令官は、新首相幣原に対して憲法改正の指令を伝えたのである。

翌2日、近衛は記者会見で「10月4日にマッカーサー元帥から憲法改正の示唆を受け、この旨を陛下に奏上した。その結果自分に憲法改正の下準備のため調査をせよとの御下命を拝した。……（憲法改正は）元帥から特に自分個人に命令ないし委嘱を受けたのではない。自分がこの大役を担当するに至ったのはあくまで日本側の決定に基づくものである。なお目下のところでは、自分は11月20日頃には調査結果を陛下に奏上し得ると思っている」と述べた。

近衛が「11月20日頃」の憲法改正調査結果の奏上という明確な期限を述べたのは、10月13日の閣議で、普通選挙法の改正などを行う第89臨時帝国議会の日程が11月26日（月）召集に決定済みのため、その前に木戸が内大臣を辞職したうえ、後任を決めずに内大臣府自体を廃止する話が宮中で内内に進んでいたからだった。

従来内大臣は、天皇陛下の側近の立場で陛下の御質問に対して後任首班の選定を主導してきたが、日本の民主化を進めるポツダム宣言を受諾した現在、「宮中・府中の別」に反して宮中の内大臣が府中の後継総理を実質的に決定する慣例が帝国議会で問題にされるのは明らかだった。

また、近衛に求められて彼を内大臣府御用掛として憲法改正草案に着手させたことは政治問題化していた。そこで、内大臣府を廃止したうえで、今後の陛下の後継首班の御質問に対しては、枢密院議長と貴衆両院議長による選定の慣行を作るべきこと、憲法改正については、内大臣府の廃止で内大臣府御用掛も自動的に消滅するから政治問題が収まる、そう木戸は考えた。

くわえて、戦争犯罪容疑者については、9月に東條をはじめとする東條内閣閣僚ら14名が逮捕されたが、まだまだ逮捕されると想定され、戦争中から内大臣を務めていた木戸もいずれ逮捕される可能性があった。現役のまま逮捕されるのは天皇の戦争責任問題に直結するから絶対に避けなければならない、木戸はそうも考えていた。

そして、近衛と木戸を戦争犯罪容疑者として告発する覚書は、11月5日と8日、続けざまにノーマンからアチソンに提出された。近衛に関する覚書では、「近衛が日本の侵略のために行った最も重要な役割は、彼だけがなしえたこと、すなわち、寡頭支配体制の有力な各部門、宮廷、軍、財閥、官僚のすべてを融合させたことにあった。……近衛は真珠湾攻撃開始について全面的責任を逃れている。……1941年10月、彼は傍らにしりぞいて東條が登場したけれども、なお道義的、法的に重い責任を負っている」と書かれていた。

ノーマンは、怒気を含んだ書き方で次のように近衛に関する覚書を締めくくった。

近衛の公職記録を見れば、戦争犯罪人にあたるという強い印象を述べることができる。しかし、それ以上に、彼が公務にでしゃばり、よく仕込まれた政治専門家の一団を使って策略をめぐらし、もっと権力を得ようとたくらみ、中枢の要職に入り込み、総司令部に対し自分が現情勢において不可欠の人間であるようにほのめかすことで逃げ道を求めようとしているのは我慢がならない。一つ確かなのは、彼がなんらかの重要な地位を占めることを許される限り、潜在的に可能な自由主義的、民主主義的運動を阻止し挫折させてしまうことである。彼が憲法起草委員会を支配する限り、民主的な憲法を作成しようとするまじめな試みをすべて愚弄することになるであろう。彼が手を触れるものはみな残骸と化す。

木戸に関する覚書では、ノーマンはいくぶんトーンを抑えたものの、平沼内閣の内務大臣時代の木戸の反動的、国家主義的態度を論じ、1940年の西園寺公望の死去に伴い木戸が内大臣に就任すると「彼自身西園寺の子分であった木戸は、西園寺の死去に伴う政治的空白をいち早く埋めた。木戸は、倒閣時の後継首班の選任で大きな影響力を行使するのである。木戸が戦争中を通じてこの権力を行使し、とりわけ1941年の秋に東條を総理大臣に選んだ事実は、この時期の諸事件に対する彼の政治責任をはなはだ重くする」と論じた。そして、「ここ数年の間、木戸の影響力は軍国主義と極端な国家主義に重みを付け加えてきた。……過去5年間の日本の政策に対する木戸の責任は、いかなる政治家のそれとも同じく、紛れなく、明白である」と断定し、「彼のような経歴を持つ人間が、連合国の占領期間中、引き続き影響力ある地位を占めるべき理由はない。したがって、近衛の場合と同様、日本政府は彼に内大臣の職を辞任することを強制し、将来いかなる公職をも占めないよう禁止することを勧告される」と結論付けた。

ＧＨＱ内でこれらの覚書がノーマンからアチソンに提出された直後の11月9日に近衛が、翌10日に木戸が、それぞれＧＨＱに呼び出されて、戦略爆撃調査団から各々３時間にわたる厳しい取り調べを受けた。二人の逮捕は時間の問題だった。

そのころ、木戸内大臣の辞任と内大臣府の廃止は、帝国議会招集の前週末の11月24日(土)とすることが決まっていた。廃止までの残りの期間、天皇陛下の憲法調査の命令に対する近衛の回答と、その内容の陛下から幣原内閣への御下付が残されただけであった。

近衛の回答の日は22日と決まった。その前日、次田は木戸を訪ねて、近衛の回答内容については新聞に発表しないよう申し入れた。政府としては、近衛の憲法草案の公表で再び憲法改正が政治問題になるのを避けたかった。木戸も成り行き上しかたがないとそれを了承した。

一方、近衛の下で憲法の改正案をまとめていた佐々木に近衛がこの回答日と内大臣府の廃止の件を告知したのは20日、回答日の２日前のことだった。

佐々木は回答の準備はしていたものの、それまで近衛からはっきりその日にちを言われなかった。しかし、近衛から突然「2日後」と聞き、しかも、回答の受け皿となる内大臣府も廃止と聞いて憤った。しかし、彼は考え直して徹夜で改正案を「帝国憲法ノ改正ニ関シ考査シテ得タル結果ノ要綱」としてまとめて翌21日に近衛に提出、近衛は予定通り22日、陛下に御回答した。前月21日に箱根奈良屋旅館で検討を始めてからちょうど1か月後のことだった。

同要綱では、冒頭で「第一　帝国憲法改正ノ必要ノ有無」として「我国今回ノ敗戦ニ鑑ミ国家将来ノ建設ニ資スルガ為ニ帝国憲法改正ヲナスノ要アリ、単ニソノ解釈運用ノミニ頼ルベカラズ」として憲法改正の必要を訴えて、詳しく改正の要点を記した。

しかし、佐々木は、近衛に改正案を説明した際に彼がどこか上の空ですでに憲法改正について興味を失っているように思われて「せっかく心血を注いでまとめたものなのに、きちんと陛下に内容が伝わるのだろうか」と不満を感じた。そこで翌23日金曜日、佐々木は、助手を務めてくれた弟子の磯崎辰五郎と大石義雄を引きつれて木戸に面会を求めてその不満を訴えた。

その結果実現したのが、翌日(24日)の内大臣府廃止当日午前に天皇陛下に対して行った帝国憲法改正に関する異例の御進講だった。佐々木は、本文全九章に附録・備考を付した「帝国憲法改正ノ必要」を奉呈したうえで1時間30分余りにわたり、陛下に対して帝国憲法改正の必要と改正すべき内容をお話しした。

そして翌週月曜日（26日）の午後。陛下は、一般政務に関する報告のために参内した幣原首相に対して近衛から提出された「要綱」を御渡しになった。この日は第89回臨時帝国議会の招集日だったが、招集日には衆議院で議会成立に関する集会のみが行われ、天皇陛下が出席される帝国議会開院式は、翌27日、幣原総理の施政方針演説は28日に予定されていた。

翌週の12月2日（日）、GHQは、戦争犯罪人容疑者として59名の逮捕命令を発表した。

戦争犯罪人容疑者、特にA級（平和に対する罪に対する戦争犯罪人）容疑者に対する逮捕命令は、9月の東條内閣閣僚、11月の軍上層部や重要大臣経験者ら合計25名の氏名が発表・逮捕されていた。ところが、今回発表された59名の中には、太平洋戦争に関与した軍人の他に、直接戦争には関わらなかった軍民官の有力な指導者の名が多くあり、国内に動揺が走った。官の中には現職の枢密院議長平沼騏一郎の名があった。皇族の梨本宮守正王の名もあった。

そして、その4日後の12月6日（木）、GHQはさらに9名の戦争犯罪人容疑者の氏名を発表した。午後7時のラジオ放送で、木戸と近衛は、そこに自分の名前があることを知った。

覚悟していた木戸は従容としてGHQの逮捕に応じたが、太平洋戦争前に首相を辞任していた近衛は、自分が逮捕されることに当惑した末、逮捕前日の16日（日）夜、自宅で青酸カリを飲んで自ら命を絶った。

八　「憲法問題調査委員会」

話は10月に遡る。

10月13日の閣議で決定した、松本を主任とする憲法改正に関する調査は、松本が委員長となる委員会組織となり、10月27日土曜日に首相官邸で第1回総会を開いた。

松本は元東京帝大教授だったが専門は商法であり憲法ではない。それもあって委員会には、日本の憲法学を代表する錚々《そうそう》たる学者が集まった。東京帝大から宮沢俊義、九州帝大から河村又介、東北帝大から清宮四郎。顧問は、帝国学士院会員の清水澄と美濃部達吉、東京帝大名誉教授の野村淳治。松本は京都帝大の佐々木にも声を掛けたが、佐々木は先に近衛に協力することになっていたので断ってきた。内閣法制局からは、楢橋渡、入江敏郎、佐藤達夫が参加した。

第1回総会の冒頭の挨拶で松本は、この委員会の目的を「憲法改正の要否、および必要ありとした場合の改正の諸点を闡明《せんめい》するにある」と宣言し、「まず憲法全般にわたって内外の立法例、学説などに関する研究を行って十分の資料を備えて……」と述べた後、彼は語気を強めて「きわめて慎重に調査を遂げんとするものである！」と説明した。
続けて、「上述した次第であって、調査の具体的範囲などははじめより確定せるものではないから、むしろ官制に依るものに非ざる調査会を設置することとした。したがって名称もないのであって、仮に命名すれば『憲法問題調査委員会』とでも称すべきものであろう」と続けた。
そして松本は次の言葉で挨拶を締めくくった。

この調査委員会をもって直ちに改正案の起草に当たろうという考えではないのである。もし改正案作成の必要が生ずれば、その起案は審議会の設置などいかなる方法に依ってこれを為すやは今日よりまったく予定しがたいところである。この委員会の調査研究はいかなる時期に改正案の作成が必要となっても多少なりとも御役に立ち得るため、たとえ浅くとも全般に渡って研究を為し、時の許す限り漸次深く掘り下げていき、もってでき得る限り完全なる成果を挙げたいと思っている次第である。

この委員会の目的も具体的調査範囲もこれから決める、だから委員会は官制で決めず、名前も仮称だ、もし憲法改正案の策定となれば、審議会を設置して決めるかどうか、今は未定だ。

このように「憲法問題調査委員会」はきわめて不明瞭にかつきわめて慎重に調査を開始した。ところが、11月1日、既述のとおり、GHQから「最高司令官は、新首相幣原に対し、憲法改正の指令を伝えた」という声明が発せられたから話が大きく変わった。

GHQの声明を読んだ幣原は、声明にある「憲法改正の指令」とは、自分が10月11日にマッカーサーに最初に会った時に言われた「憲法の自由主義化」を指すと理解した。彼は、「憲法を改正しなくても、解釈や運用で自由主義化できる」とマッカーサーに説明し、閣議でもそう報告した。(しかし、やはり、憲法改正をしなければならないのか……)、彼はそう痛感した。

そういえば、その閣議では、芦田厚相が憲法改正について「今日の事態においては、インテリ層は明らかに憲法改正を必至と考えているし、憲法73条では、憲法改正の発議権は議会に与えられておらず勅命で、ポツダム宣言と相容れない」と、強く改正の必要を述べていた。

憲法改正問題に関して幣原が一番気にしていたのは、憲法第一章の天皇に関する条文だった。憲法改正を行うとなると、天皇に関する条文に関しても見直しが議論されることになる。(軍の統帥権に関する条文などは改正した方がよいし、国民の大多数は憲法が改正されるとしても天皇に関しては現行憲法に準じた条文でよいと思うだろう。しかし……)、幣原は思った。

幣原内閣が成立した翌日の10月10日、戦前に治安維持法違反で逮捕・収監されていた革命家の徳田球一や志賀義雄が、GHQの「人権指令」によって釈放された。徳田はいまだ獄中にいたところから日本の軍国主義駆逐を掲げるＧＨＱの支持を得て、毎日のようにＮＨＫラジオで天皇制打倒を叫んだ。釈放されたとき、彼らは歓喜雀躍し、ＧＨＱを「共産主義の味方」「解放軍」と讃えて、「占領下でも議会を通じて平和的に革命を行うことができる」と鼻息が荒く、その着手として直ちに機関紙『赤旗』を再刊した。

（陛下の宸襟《しんきん》を安んじ奉るために老骨に鞭打って大命を拝受した自分が、陛下の地位を脅かす可能性を含む憲法改正を積極的に進めることができようか）そう幣原は思っていた。

ところが、世間の動きを見ると、「近衛公ノ憲法改正ノ調査」の報道が駆け巡った10月13日からしだいに、そしてＧＨＱが「最高司令官は新首相幣原に対し、憲法改正の指令を伝えた」との声明を発した11月1日を山に、政党や民間で憲法改正に関する動きが活発化していった。10月25日、政府の「憲法問題調査委員会」第1回総会の2日前には、社会党が再建のための準備委員会全体会議を開催、ここで憲法改正問題が取り上げられた。同党が「憲法の民主主義化」の政策綱領を掲げて再結党したのはＧＨＱの声明の翌日、11月2日（金）だった。

翌週月曜日、11月5日には、民間で改正憲法を研究するグループである憲法研究会が最初の会合を開いた。同会の参加者は、東京帝大教授を辞して大原社会問題研究所の所長となった高野岩三郎、「森戸事件」によって同大を追われて同研究所に迎えられていた森戸辰男、憲法史研究者の鈴木安蔵、評論家の室伏高信と岩淵辰雄、ジャーナリストの馬場恒吾、早稲田大学教授の杉森孝次郎など、在野の錚々《そうそう》たるメンバーだった。なお、「森戸事件」とは、大正9年（1920）に当時経済学部助教授だった森戸が、学部紀要『経済学研究』に発表した「クロポトキンの社会思想の研究」が危険思想として攻撃された筆禍《ひっか》事件のことである。

同じ週の金曜日（同月9日）、旧立憲政友会の流れを継いで鳩山一郎や河野一郎が日本自由党を結党。同党も憲法改正の調査を行う動きを示していた。

そこで、その翌日（11月10日）の土曜日、政府の「憲法問題調査委員会」のメンバー全員は、幣原から昼食の招待を受けた席上で時勢をさまざまに議論した。

その午後に行われた第2回総会では、松本が早くも調査委員会の目的を調査から憲法改正条項の掘り下げに変更する趣旨で次のように述べた。

日本をめぐる内外の情勢はまことに切実であり、政治的に何事もなしには済まされないように思われる。したがって、憲法改正問題がきわめて近い将来に具体化されることも当然予想しなければならない。たとえば、その場合においても決してまごつかないように準備は整えておかなければならない。要するに、憲法改正の必要は、内はともかく外から要請があった場合、いつでもこれに応じうるように、さし当たって大きな問題を研究するということにとどめ、切実にやむをえないと思われる条項を深く掘りさげていかなければならない。

その翌日の日曜日（同月11日）。共産党が「新憲法の骨子」を発表した。同骨子では天皇は一切登場せず、「主権は人民に在り」「民主議会は政府を構成する人びとを選挙する」「政府は民主議会に責任を負う」ことを謳《うた》った。

一方、政府の「憲法問題調査委員会」は、以後2回の総会と3回の調査会を通じて帝国憲法全般にわたる審議を終え、これまでの委員の意見をまとめた文書を11月24日に配布した。その日は奇しくも佐々木が陛下に憲法改正に関して御進講を行った日だった。

そして11月26日月曜日午後。前述のとおり、天皇陛下は、一般政務について報告するために参内した幣原首相に対して、近衛から提出された「帝国憲法ノ改正ニ関シ考査シテ得タル結果ノ要綱」を御渡しになった。その際陛下は、同要綱に対して、幣原首相の考えるごとくしかるべく取り計らえ、と命じられた。しかし、翌27日に第89回臨時帝国議会の開院式が予定されていたので幣原は近衛の「要綱」をざっと見ただけで精読する余裕がなかった。

そして、同議会では、28日の本会議における幣原の施政方針演説直後から憲法改正に関する質問が出席議員からどんどん出てきた。

そのような質問に対して幣原は、「帝国憲法は弾力性に富むから民主主義の発達に妨害を加えることなく時勢の進運に順応するよう運用の途を講じることはかならずしも不可能ではないと思いまするが、過去においてその運用が歪曲された幾多の実例を照らすと、もし憲法の若干条規中に改正に依って将来のために疑義の余地を存せず、長く濫用のおそれを断つものがあると認めれば、この際そのような改正の方向に歩を進めますことは望ましいことと考えておりまするが、今日いかなる條項がいかなる改正を要するかということに付きましては、いまだこれを決定的にお話し申し上げる時期には達しておりませぬ」というような曖昧な答えに終始した。予算委員会に出席していた松本もそれに類する答弁を繰り返すばかりだった。

しかし、やがて松本はそのような答弁を繰り返すことに疑問を感じてきた。（憲法改正について、政府として何も言わないのはかえって良くないのではないか。自分が出席する次回の予算委員会でその質問が出たら、大きな、ぼっとしたことだけでも言ってやろう）、彼はそう思って言うべき内容を整理し、幣原にそのことを打ち明けて同意を得た。

そうして迎えた12月8日土曜日の予算委員会。冒頭質問に立った無所属倶楽部の中谷武世委員の質問は、文部大臣に対する敗戦後の今日の「国民的理想如何」を質す予定のものだった。ところが、前田文相が遅刻して登院していない。そこで中谷は代わりに、幣原と松本に対して「民主主義の基本問題ないしは、これに関連しての憲法の諸問題に対する所見」を質した。

それに対してまず幣原が、「民主主義政治が行はれますためには、飽くまでも民意に基づき民意を反映せる政治運営を行うと言うことが最も緊要であります。民主主義は何を意味するかということについては、リンカーンの言葉、すなわち『人民の政治、人民に依る政治、人民のための政治』ということがアメリカの民主主義を言い表すのに適當な言葉であると思います。またイギリスでは、国会における君主の意思の発動、これがイギリスの民主主義の本旨だと申しております。各国軌を一にしておりませぬけれども、国民の総意を代表せる議会を中心として政治が行われると言うことが、最も重要なる民主主義の本旨であると考えます」と答弁した。

すると、中谷は「アメリカにおいてはこうである、イギリスにおいてはこうである、というのは判りますが、日本においてはどうなりますか？　簡単で結構であります」と質問した。

これに幣原は、「ただいま申しましたごとく、国民の総意を代表せる議会を中心として政治を運用して行くというのが、我々の進むべき方向であると私は考えております」と答えた。

すると中谷は、「だいたい了承いたしました、すなわち総理大臣の御言葉が足らなかったと思いますが、天皇統治の下、議会中心の確立ということが、日本に於ける民主主義の行き方であると、こう理解してよろしいと思いと思いますが、いかがでありましょうか？」

「御話のとおりでありまして、『天皇の下』ということは、これは申すまでもないことと思って、私はこの点をことさら申さなかったのでありますけれども、これは当然なことと私は考えております」と言い含めるように中谷を見て幣原はそう答えた。

中谷は次に、憲法改正に関する問題に移った。

まず、憲法改正に臨む政府の態度について彼は次のように述べた。

政府は議会に秘密にして改正の内容を検討しているのではないか？　今少しく胸襟を開いて、議会とともにすなわち国民とともに改正問題を討究するといったような開放的な、民主主義的な態度をもってこれに当たることが必要であります……。総理ならびに松本国務大臣はしばしば憲法改正は調査会において調査中であって、いまだ内容を申し上げる域に達しておらぬという意味の答弁をしておられるのでありますが、憲法上の機関でない単なる政府の諮問機関である調査委員会の内容なり、その調査の進度なりが憲法上の直接機関である議会において表明できないということ自体がすでにすこぶる立憲的でない、民主主義的でないと考えるのであります。いわんや目下要請せられておりまするのは憲法の民主主義的改正なのでありまして、まことに私は遺憾であると思う。この点に関する政府の率直なる御見解を承りたいのであります。

さらに中谷は、憲法改正の範囲についても次のように質問した。

政府は憲法改正の範囲をできるだけ小範囲に止めたい、できれば改正せずに済ましたいというような消極的な態度をとっておるような印象を国民に与えている。先日の本会議における総理大臣の御答弁にも、帝国憲法の条規は弾力性に富むものであって、民主主義の発達に順応するよう運用の途《みち》を講ずること、必ずしも不可能ではないという意味のことを述べられておるのでありますが、同様の趣旨のことは昨日の予算総会においても松本国務大臣から述べられておる。……一部権力者によりて憲法の運用が歪曲されもしくは濫用されたということは、憲法の条規そのものに若干のあるいは大きな不備と欠陥があったのではないかと考えられますので、憲法民主化の見地に立ちまして、この際相当思い切った改正が加えられなければならないと思います。また、かくすることが将来のために疑義の余地を存せず、権力乱用のおそれを防止するのみならず、封建的勢力のよってもって立つ根拠、牙城を覆すゆえんになるものでもある、また、ポツダム宣言の要請にも合し、また真に一君万民、君民共治の日本的民主主義を高揚するゆえんであると考えるのであります。

中谷が、「この二点について総理大臣ならびに松本国務大臣の御見解を承ります」と述べて着席すると、幣原は起立して次のように述べた。

憲法の改正は御話のごとくあくまでも民主主義的傾向によりまして行われるべきものである、これは当然のことであります。各方面の真面目なる、建設的な意見はあくまでもこれを尊重し参考にすべきもので、我々はこれを歓迎するものです。帝国憲法はなるほど弾力性に富んでいるものでありますから、運用よろしきを得れば今日のような惨状を呈することなくして健全なる発達を国家はなし遂げ得られたものと思うのですが、不幸にしてこの運用上憲法の規定が歪曲せられはなはだ面白からざる方角に向って進んで行きましたがために、今日の事態を来たしたのでありますから、どうかこの際そういったような弊害、間違った運用の跡を絶つようにいたしたい、こういったような考えで我々はこの憲法改正問題に当たっているのであります。委細のことは松本国務大臣から御答え申すようにいたしたいと思います。

幣原はそう答弁した後、松本に続けて答弁するように目配せして着席した。
次に松本が立って次のように答弁した。

ただいまの御質問は政府の憲法改正に関する考えというものは相当なければならぬ、これを何ら表明することなくして、腫物にでも触るような態度をとっておるのははなはだ民主的なやり方とは思えぬというような御趣旨と思います。これに対して私からある程度の御答えをしたいと思っております。……私といたしましては、この調査に関係をいたしておりまする私一個の大体の構想について申し上げることは、これはできぬことはございませぬ、しかし、お断りをしなければならぬことは、これはもちろん準備のための調査の途中におけることでありまして、何ら政府の考えというものが、相談をして決まっていることでも何でもありませぬ、政府の考えとして、政府を拘束するような意見であるということでなく、準備の調査に与っている一員たる私の考えとして、構想のきわめて大体のところを申し上げて御満足を願いたいと思うのであります。さような意味におきまして私の脳裏を去来しておりまする構想のきわめて大体のことを申し上げますれば、

第1に、天皇が統治権を総攬《そうらん》せられるという大原則は、これはなんら変更する必要もないし、また変更する考えもないということであります。憲法を民主主義化するということと天皇統治権総攬ということの原則とは、なんら背反するものでない。この点はおそらくは我が国の識者のほとんど全部が一致しているところではなかろうかと思います。

第2には、議会の協賛、あるいは承諾というような、議会の決議を必要とする事項は、これを拡充することが必要であろう。すなわち言葉を換えて申せば、従来のいわゆる大権事項なるものは、その結果としてある程度において制限せられることが至当であろうというように考えております。

第3といたしまして、国務大臣の責任につきまして、国務大臣の責任が国務の全般にわたって存しなければならぬ。なんらかの国務大臣以外の介在物、輔弼の責任を憲法上負わ

ない者が、国務に対して勢力を持って、これを左右するというようなことがもしあったとすれば、かくのごときことのできないようにすることが絶対に必要であろう。そして、これと同時に国務大臣の責任は、これは従来の憲法の解釈上も、私はさようであるべかりしことであると思うのですが、帝国議会に対して責任を持つのである、帝国議会において信任を得られないというような者は、国務大臣としてはその地位を保たれないということになるのは当然ではなかろうか。かくのごとくにして国務大臣の責任が国政全般にわたりまして、そして国務大臣は帝国議会に対し、すなわち言葉を換えて申せば、間接には国民に対して責任を負うということになりましたならば、従来歪曲せられておりましたようなことは全部なくなるであろう、さように考えておるのであります。

第4には、民権と申しますか、人民の自由、権利というようなものに対する保護、確保を強化することが必要であろう。この点については我が憲法を精査して見ますと、多少足りない点があるのではなかろうか。この足りない点と申しますと、一つは人民の自由権利というようなものに対しまして、議会と関係のない法規というようなもので制限を加えるということの余地があるように思われる、かくのごとき余地をなくすことにいたしまして、人民権利と自由というようなことに関します制限は、議会の決議によるところの法律というようなものがなければ、これは絶対に制限のできぬようにいたすことが必要であろうと思います。また、他の見方から申しますと、人民の権利、自由というものの侵害がありました時の救済の方法が、必ずしも現行憲法の下におきまして完全であるかどうか、これは疑いがあります。これにつきまして十分な救済が与えられるいかなる場合におきましても、救済が与えられるようにすることが必要であろうと思います。かくのごとき意味におきまして、人民の権利自由の保護、確保ということを強化するということは、これは、私は第4の方針としてその方向の改正が必要であるのではなかろうか、さように考えておるのであります。いわゆる民意なるものが単に一時の多数の勢力によりまして、人民の持たなければならぬところの基本的の権利、自由というものを圧倒し去るというようなことがありましたならば、これは真の意味の民主的政治とはいえないのであります。単に民意に依るということでは、民主主義の要諦を道破（喝破）したものとは言えないと思います。さような意味におきまして民意に依る所の政治について、それはまた人民のためにする政治でなければならぬ。さような意味におきまして人民の権利、自由の保護を拡充するということが、やはり一つの改正の目標でなければなるまいと考えます。

ただいま四つのことを述べましたが、だいたいさような目標に向かいまして憲法全部にわたって十分な検討を行いまして、必要な条項について改正のことを考えてみたい、さように考えております。だいたいの私の構想はさようであるということに御聴き取りを願います。

松本の答弁が終わると、予算委員会の議員たちから大きな拍手が湧き上がった。

中谷も松本の答弁を聞いて「いま松本国務大臣から、先日来本会議においても、予算総会においても、問題の焦点となっておりました憲法改正上の諸問題ないし憲法改正の方向に関して、国務大臣個人の見解としていう前提の下にではあるが、相当突っ込んだお話をいただきまして、はなはだ欣快《きんかい》に堪えません。私はさらに具体的に、たとえば枢密院廃止の問題だとか、貴族院改革の問題だとかいう点についても御質問申し上げるつもりであったのでありましたが、ただいまの御答弁によりまして大体の方向の示唆を与えられましたから、ことに大権事項の制限、いわゆる一部の特権階級、一部の軍閥官僚が社鼠城狐《しゃそじょうこ》のごとくによってもって立つ牙城としておりましたところの、そうして本当の一君万民の日本の国体法に合しないところの大権事項、そういうものにも大きな改正を加えるという御趣旨を承りましたので、枢密院存否の問題も自ら方向がわかりましたから、重ねて質問を申し上げませぬ」と感謝の意を表した。

出席議員からの拍手と質問議員の言葉に、松本も幣原も大きな手ごたえを感じた。

このとき松本が個人的に述べた憲法改正に関する四つの方針は、後に「松本四原則」と呼ばれるようになった。なお、第1の天皇の統治権は、その後の憲法改正によって国民主権に置き換わったが、松本の第2、3、4の三つの原則は、議会制民主主義、人権中心主義の強化の主張であり、平和主義とともに現代で憲法改正を考えるうえでも大前提に位置付けるべきものだ。

第89回臨時帝国議会は、幣原内閣の提出した三つの重大法案を通過させたうえで、昭和20年12月18日に衆議院の解散をもって閉会した。

三つの重大法案とは、第1は衆議院議員選挙法改正案、第2は労働組合法案、第3は農地調整法改正案である。第1はGHQの「五大民主化改革指令」に先立って内閣が決定したもの、第2と第3は、GHQのそれを受けて内閣が決めたものだった。特に、第1の衆議院議員選挙法の改正は、それまで男性の25歳以上だけに認められていた選挙権と30歳以上だけに認められていた被選挙権をそれぞれ5年ずつ引き下げ、新たに女性にも同じ条件をもって選挙権・被選挙権を認めることを柱とする画期的なものだった。

GHQの指令よりも先にこの改正案を帝国議会に提出し成立させようとした政府の意図は、ポツダム宣言にある「国民の自由に表明する意思に従って平和的傾向を有しかつ責任ある政府が樹立された場合、連合国の占領軍は直ちに日本国より撤収する」という条文を満たすためだった。幣原が総理に選ばれた経緯は、従来型の、内大臣の木戸と枢密院議長の平沼の密室での協議に依存したもので、「国民の自由に表明する意思」によるものではなかった。だから、幣原内閣としては、占領軍を早期に撤収させて日本が独立を勝ち取るためには、衆議院議員選挙法改正法案を成立させて衆議院を解散し、女性を含めた全国民による総選挙をできるだけ早く実施して、新しく当選した衆議院議員によって改めて内閣の信任を得ることが絶対に必要だった。

第2の労働組合法案は、労働者の組合結成の自由と団体交渉権、争議権を認めるもので、労使関係の民主化を実現するものだった。

敗戦後、この法案成立以前、日本中のいたるところで主として共産主義者の手で労働組合の結成が行われ、労働争議が続発していた。したがって、労働者の組合組織化に法的秩序を与えなければ、労働組合は共産主義者の手によって革命闘争の手段となってしまうことが明らかであり、幣原内閣はその意味でも労働組合法の成立を急いだのだ。

楢橋は、三つの重大法案可決の意義に関して、次のようにコメントを出した。

「第1は今日までの日本の政治的封建制度の打破、すなわち立法府における人権解放の法案であり、その2は経済的労働権の確立であり、その3は農民への土地解放の革命的法案である」

一方、会期途中でGHQから多数の戦争犯罪人容疑者名が発表されて帝国議会の議員も20人以上逮捕されたため、議会の後半は、議員間に逮捕に対する恐怖が蔓延《まんえん》して審議どころではなくなった。政府としても、要職にあった平沼、木戸、近衛などにも逮捕命令が出され、近衛が服毒自殺を遂げたことは今後の国政の運営に暗雲をもたらしていた。

内閣の不安にさらに追い打ちをかけたのが、GHQによる総選挙の暫時延期の指令だった。改正衆議院議員選挙法では、議院が解散を命ぜられた日より31日以内に総選挙が行われ、かつ、その選挙期日は25日前に公布されなければならないことに定められており、同「附則」で、本法に依って初めて議員を選挙する場合においてその規定に依り難いときは勅命をもって別に総選挙の期日を定めることが得るとした。そこで解散した翌日19日の閣議では、戦後最初となる第22回衆議院選挙を翌昭和21年1月22日に施行する方針を決定した。

ところが、その翌日の12月20日、GHQは幣原内閣に対して、政治犯の公民権と選挙権の復活、および選挙期日の暫時延期を指令してきた。

この指令に政界は数日大きく混乱したが、GHQ指令は絶対だから了解せざるを得なかった。当時、内閣に対するGHQの指令は連日複数本、ときには20本近く発せられていた。年末の閣議で芦田厚相が、「連合軍司令部の日本政府に対する指令は日を追うて細部にわたる。そしてときにはつくづく嫌になる。敗残国のみじめさが身に染みる」とぼやいたが、「結局はアメリカの好意を繋《つな》いで一日も早く講和条約を結んで、早く駐屯軍を引き上げてもらうことが我々の独立を完成するうえで先決条件であるべき問題です」と述べた。幣原も、「すべての政策はこれを根本として出発しなければなりません」と語って芦田の意見に同意した。

一方、GHQが総選挙の延期を指令してきた背景には、GHQ内で秘密裏に公職追放者の対象となる人物の条件を洗い出す作業があった。公職から追放されるのだから該当する者は当然被選挙権もない。だからそれを発表して被選挙権のない者を明確にさせてから総選挙を行わせる、それが総選挙を遅らせたGHQの真の理由だった。そして、その条件の洗い出しの第1回作業は、GHQの占領政策の中心を担い日本の民主化を主管する民生局(GS、Government Section)内で同年の12月下旬には終わっており、あとは公表を待つだけだった。ただし、その公表日については、「年末年始くらいは日本人にゆっくりさせてあげよう」というマッカーサーの配慮で年明けに決めたのである。

クリスマス・イブの日。両親と幼少期に日本で暮らし、アメリカの大学を卒業して戦争情報局やタイム誌で働き、新たに民生局に採用されたベアテ・シロタの乗ったプロペラ機が厚木基地に着陸した。ベアテが第一生命館のGHQに出頭すると、彼女の任務は公職追放の第2回目の条件リストの作成であることがわかった。

なぜGHQは、この12月に多くの戦争犯罪人容疑者名を発表し、公職追補の対象者を急ぎ洗い出していたのか?

実は、前月27日付で、米国の国務省・陸軍省・海軍省三省調整委員会が「日本の統治体制の改革」と題する極秘文書(SWNCC228)をマッカーサーに送ったからだった。

そのレポートの冒頭で、それが扱う課題と結論が次のように述べられていた。

「日本の統治体制の改革」

課題　占領当局が日本で実現するように主張すべき憲法上の改正内容を決定する

結論

a．最高司令官は、日本政府当局に対し、日本の統治体制が次のような一般的な目的を達成するように改革されるべきことについて、注意喚起しなければならない。

①　選挙権を広い範囲で認め、選挙民に対し責任を負う政府を樹立すること

②　政府の行政府の権威は、選挙民に由来するものとし、行政府は、選挙民または国民を完全に代表する立法府に対し責任を負うこと

③　立法府は、選挙民を完全に代表し、予算のどの項目についても、その減額・増額・削除・新項目を提案する権限を、完全な形で有すること

④　予算は、立法府の明示的な同意がなければ成立しないこと

⑤　国民と日本の統治権のおよぶ範囲のすべての人に対して基本的人権を保障すること

⑥　都道府県の職員は、できる限り多数を、民選かまたはその地方庁で任命すること

⑦　日本国民が自由意思を表明しうる方法で憲法改正または憲法を起草し、採択すること

b. 日本の最終的な政治形態は、日本国民が自由に表明した意思により決定されるべきだが、天皇制を現在の形態で維持することは、前述の一般的な目的に合致しないと考えられる

c. 日本国民が天皇制は維持されるべきでないと決定したときは、憲法上この制度の弊害に対する安全装置を設ける必要がないことは明らかだが、最高司令官は、日本政府に対し、憲法が右aに列記された目的に合致し、かつ次のような規定を含むものに改正されるべきことについて、注意喚起しなければならない

① 国民を代表する立法府の承認した立法措置に関しては、政府の他のいかなる機関も、暫定的拒否権を有するにすぎない。立法府は財政上の措置に関し、専権を有する

② 国務大臣ないし閣僚は、いかなる場合にも文民でなければならない

③ 立法府は、その欲するときに会議を開きうる

d. 日本人が、天皇制を廃止するか、あるいはより民主主義的な方向にそれを改革することを、奨励支持しなければならない。しかし、日本人が天皇制を維持すると決定したときは、最高司令官は、日本政府当局に対し、前記のaおよびcで列挙したもののほか、次に掲げる安全装置が必要なことについても、注意喚起しなければならない

① 立法府の助言と同意に基づいて選任される国務大臣が、立法府に対し連帯して責任を負う内閣を構成する

② 内閣は、国民を代表する立法府の信任を失ったときは、辞職するか選挙民に訴えるかのいずれかをとらなければならない

③ 天皇は、一切の重要事項につき、内閣助言に基づいてのみ行動する

④ 天皇は、軍事に関する権能を、すべて剥奪される

⑤ 内閣は、天皇に助言を与え、天皇を補佐する

⑥ 一切の皇室収入は、国庫に繰り入れられ、皇室費は、毎年の予算の中で、立法府によって承認されるべきものとする

最高司令官が先に列挙した諸改革の実施を日本政府に命令するのは、最後の手段としての場合に限られなければならない。なぜなら、前記諸改革が連合国によって強要されたものであることを日本国民が知れば、日本国民が将来ともそれらを受け容れ、支持する可能性は著しく薄れるであろうからである

このレポートは、日本の憲法の改正に対する考え方を規定するきわめて重要なものだった。まずaで改正憲法の一般的な目的を掲げ、bで日本の最終的な政治形態は、日本国民が自由に表明した意思によって決定されるべきだが、天皇制を現在の形態で維持することは否定、cで、天皇制を廃止する場合の具体的な改正憲法の内容を示し、dで天皇制を維持する場合の具

体的な「安全装置」の必要を明記していた。

さらに、このレポートは、政府や国政選挙、議会のあるべき姿も規定していた。それは、aに挙げられたもので、政府は選挙民に対して責任を負い、政府の権威は選挙民に由来するもので、立法府は、選挙民を完全に代表するものとされた。このような政府や選挙、議会は、憲法改正を待たずに実現すべきものであって、そのためにGHQは、戦争犯罪人容疑者を逮捕し、公職に就くべきではない者を選別する作業を行っていたのだ。ただし、このレポートのどこを見ても、後の憲法9条につながる戦争の放棄については述べられていなかった。むしろ、d-cを見ると、軍隊の存在が前提だったことがわかる。なお、一般の憲法史の本では、SWNCC228は昭和21年1月7日付で発行されたとされているが、この時のSWNCC228は、後述するように日本の憲法改正の指令権を持つ極東委員会の設置が昭和20年12月に決まったために、それに合わせて内容を改定したものであって、その課題や結論は昭和20年11月27日付のSWNCC228にすでに明記されていたのだった。

ところで、この帝国議会の会期中の12月1日、幣原はまったくの畑違いでかつ割が悪い2つの大臣を兼務することになった。それは、帝国陸海軍の廃止に伴う残務業務、すなわち外地残留者の引き上げ促進や行方不明者の調査などのために設置された陸軍省改め第一復員省と海軍省改め第二復員省、両方の大臣だった。復員省の設置のために下村陸相と米内海相は辞任・廃官となったうえで、ＧＨＱからの強い要請により、復員大臣には元の軍人を用いてはならないとされた。二つの復員省は残務処理の暫定的な組織であり、軍部に対する風当たりが激しかった当時、大臣を引き受ける者がいなかったため、幣原が兼務したのである。

戦前戦中、軍部から非国民扱いされた幣原はその職務を誠実にこなし、ＧＨＱと復員省の間の事務交渉が暗礁に乗り上げた場合は自らＧＨＱとの折衝に当たり、大日本帝国陸海軍の幕引き役を見事に務めた。

幣原は、残務処理期間とはいえ、陸軍大臣と海軍大臣を兼務したような立場になったが、戦争を憎み、平和を希求し続けた。総理大臣に就任してから、彼は岸倉松秘書官が同乗した自動車で朝夕自宅から官邸まで送迎を受け、各地も自動車で行き来するようになったが、車中から見ると、各地に戦災の焼け跡が残っていた。それを見るたびに幣原は悲痛な表情を浮かべて、敗戦の際に再認識した戦争の酷さを岸に語った。

「戦争というものは、こんな悲惨な結果をもたらすものだから、もう絶対に止めなければならない。原子爆弾などが使われるようになった以上、世界の事情は根本的に変わってしまった。おそらく次の戦争は短時間のうちに交戦国の大商都市が悉《ことごと》く灰燼に帰してしまうことになるだろう。だから世界は真剣に戦争をやめることを考えなければならない」

車中の岸は、幣原から同じ話をしばしば聞くようになり、それが幣原の信念なのだと感じた。

一方、目を世界に転じると、前月（11月）には、ドイツの主要戦争犯罪人を裁くニュルンベルグ国際軍事裁判所が審議を開始していた。この国際裁判所は、日本の敗戦直前の同年8月8日に、主要連合国間で結んだ「ヨーロッパ枢軸諸国の主要戦争犯罪人の訴追と処罰のための協定（ロンドン協定）」とその付属としての「国際軍事裁判所条例」に基づいたもので、「平和に対する罪」「戦争犯罪」「人道に対する罪」を犯したものを裁くものであった。これと同様に日本の戦争犯罪人を裁く国際裁判所が開かれるのは時間の問題だった。

さらに、帝国議会の解散とほぼ同時期の12月16日から27日までモスクワで米英ソ外相会議が開かれ、最終日には日本に対する重大な内容が決定された。

それより前の同年7月に開催されたポツダム会談では、米英ソ首脳は、ポツダム宣言に結実した対日戦終結問題やドイツ賠償問題は話し合ったが、それ以外は具体的に決まらず、現状確認に留まっていた。戦後処理の問題は、ほとんどすべて後日開催される米英ソ外相会議に持ち越されたのだ。そこで9月、世界大戦終結後初の米英ソ外相会議としてロンドン外相会議が開かれたが、同会議では、旧枢軸国で敗戦後ソ連の影響下にあったブルガリアとハンガリー政府の不承認政策を巡って米英が紛糾し、米ソ両国の利益がぶつかり合う対立の場となった。

それを経た12月のモスクワ外相会議。ここでは米ソ両国とも、ドイツの周辺諸国の講和条約作成方式や原子力委員会の設置、対日占領管理機構の変更、解放後の朝鮮での暫定政府樹立のための準備合同委員会の設置など多くの点で合意に達し、打開の道が開かれたかのように見えた。しかし、米国内では、会議に出席したバーンズ国務長官の言動に批判が集中した。バーンズ自身が合意を急ぐあまり、大統領と密接に協議しなかったとして、トルーマンから「合意内容が気に入らない」と叱責される有様だった。トルーマンはバーンズ宛の書簡で「ソ連を甘やかすことに飽きた」と言い切り、ソ連にこれ以上妥協や譲歩をする気持ちはないと断言した。

対日占領管理機構の変更もまた、バーンズのソ連に対する妥協の産物だった。

敗戦後の日本に対するマッカーサーの統治方針については、アメリカにおける対日政策立案機関であるSWNCCが具体的な内容を決定し、昭和20年（1945）8月21日には、SWNCCが連合国最高レベルの対日占領管理機構に関する案（SWNCC65／7）を米国案として中英ソ各政府に正式に送付していた。

その米国案では、対日占領管理機構である極東諮問委員会（FEAC）の本部をワシントンに置くことが示された。極東諮問委員会は、軍事作戦の遂行や領土の調整にかかわる問題を除く、日本による降伏文書の履行に関する政策の立案に関して、関係諸政府に勧告を行う諮問の機関であると規定された。これに対して、米国主導であることや単なる諮問機関にすぎないこと、そして、対日管理機構は東京に設置すべきだとの批判が出た。さらに、日本の占領方式を巡ってアメリカと対立したソ連は、極東諮問委員会への不参加を明確にした。

そのため、対日占領管理機構に関する問題は、12月のこのモスクワ外相会議に持ち越されていた。その一方で、ソ連がボイコットしていたために極東諮問委員会はほとんどマッカーサーの占領行政について障害とならなかった。

ところが、モスクワ外相会議では、この極東諮問委員会を改組して極東委員会（FEC）を設置することに決まった（モスクワ協定）。新制の極東委員会は、アメリカ、イギリス、インド、オーストラリア、ニュージーランド、中華民国、ソ連、フランス、オランダ、カナダ、フィリピンの11か国が参加し、日本の管理に関する最高政策決定機関となった。そして連合国軍最高司令官は極東委員会の下に置かれて、委員会の指令を執行する任務を課せられた。すなわち、極東委員会は、マッカーサーの遂行する日本占領政策を立案する機関となった。しかも、その会議は秘密会で、委員会の決定には、全体の過半数すなわち6か国以上の賛成かつ米英中ソが賛成する必要があった。当時、ソ連はアメリカの占領政策にことごとく反対し、天皇制の廃止を主張していた。極東委員会は、そのソ連に日本の占領政策に対して拒否権を与えたのだ。

さらに、モスクワ協定によって、日本国の憲法の構造や統治体制の根本的変革、つまり日本の憲法の改正については、極東委員会での事前の協議による合意が必要になった。その極東委員会は、1946年2月26日から活動を開始することに決まった。

マッカーサーは、モスクワ外相会議の前にバーンズの秘書官から極東委員会の設置についての案を知らされ、承諾できない、と激しく抗議した。その結果、当初東京に置かれることになっていた極東委員会はワシントンに置くことに変更されて、東京には、米英ソ中の代表による対日理事会（ACJ）が、第一生命館と並ぶ日比谷通り沿いで、より宮城に近い明治生命館内に置かれることになった。軍人マッカーサーは質実剛健な第一生命館を選んだが、コリント式の柱が並ぶ華麗な明治生命館は、いかにも戦勝国の外交官が好む建物だった。そして、対日理事会は連合国軍最高司令官の諮問に答え、彼に勧告と助言を行う機能を持つとされた。

極東委員会の設置は、1946年の新年を迎えるマッカーサーにも暗雲をもたらしていた。


一方、モスクワ協定の内容など知らなかった松本は、帝国議会で自らの改正案について議員から賞讃されたことに意を強くして、12月26日にその年最後となる第6回「憲法問題調査委員会」を開いた。この時、野村顧問から分厚い「憲法改正に関する意見書」が提出された。

また、このころ、民間で改正憲法の草案を検討していた憲法研究会も「憲法草案要綱」を完成させた。同研究会の代表者は、同じ12月26日に首相官邸を訪ねたが、幣原が不在だったために秘書官に強く念を押して要綱を手交し、その足で記者室に寄って発表した。さらに彼らは、翌27日に総司令部を訪ねて、英文に翻訳したものも添えて窓口の係官に渡した。

一方、松本は、すでに幣原から渡された近衛の「帝国憲法ノ改正ニ関シ考査シテ得タル結果ノ要綱」を通覧済みで、いままた野村の「憲法改正に関する意見書」や憲法研究会の「憲法草案要綱」にざっと目を通して、自信家の性格故に、こんなにばらばらではよろしくない、憲法改正案は国務大臣としてその任にある自分で起草するほかない、と考えて自ら起草を決意した。

そして彼は、大晦日の夜、乗用車で鎌倉の別荘に赴いた。伊藤博文や近衛文麿の例に倣い、別荘に籠って起草しようと考えたのだ。

九　天皇の「人間宣言」

その12月、天皇陛下の周りでも大きな動きがあった。

同月15日。GHQは政府に対して「国家神道に対する政府の保証・支援・保全・監督および弘布の廃止に関する覚書」、いわゆる神道指令を発した。これは、宗教を国家より分離して、一切の宗教、信仰および信条を完全に同一の法的基盤のうえに立たせて、同一の機会と保護を受けさせることを目的とする諸施策の実施を政府に指示するものだった。この神道指令は、日本の軍国主義や超国家主義イデオロギーを一掃する手段としてGHQ民間情報教育局（CIE）が起案した指令だったが、すべての宗教は自由に信仰できるという立場から、天皇の神格性や日本人の優越性という国家神道の核心についてはあいまいで未解決だった。

一方、CIEのダイク局長は、この問題については、天皇がそれを否定する勅語を出せばよいと考えて、あらかじめ同局へンダーソン教育課長に指示し、学習院に勤めていた英人ブライスと相談して勅語の原案を作らせていた。その原案は、マッカーサーの承認を得て学習院長山梨勝之進を通じて石渡宮内大臣に渡り、石渡宮内大臣から天皇陛下にもお見せした。しかし、GHQが考えた勅語案だったから、違和感がないはずがなかった。

同月23日(日)午前、侍従次長木下道雄が陛下に拝謁した際、詔書の渙発《かんぱつ》が話題になった。拝謁後、木下は宮内次官大金益次郎に面会して詔書の渙発について相談した。その結果、大金はあらためて五項目からなる詔書を起草し、ブライスを通じてGHQに提出した。

しかし、自らの案を否定されたGHQがすんなり大金の代案を受け入れるはずがない。「内容が消極的である」として大金案は拒否されてしまった。

翌24日、大金は石渡に報告し、石渡も陛下に御報告したうえで慌ただしく幣原と相談した。相談を受けた幣原は、首相就任以来、なによりも陛下をお守りすることを一番に考えていたから、詔勅の起草はそのためにも重要だと考えた。そこで彼は、「宮中・府中の別」の観点から、「詔書渙発は国務なのだから内閣に御委任いただきたかったし、これからそうさせていただきたい、後は引き受けました」と石渡に答えた。

安心した石渡はあらためて陛下に、「詔書渙発は国務につき、内閣に御委任を願う」旨の幣原の希望をお伝えした。そこで夕刻、陛下は御文庫に幣原をお呼び出しになり、詔書の渙発についても内閣に委任する旨をおっしゃった。

翌25日は、先帝祭すなわち大正天皇祭、大正天皇の崩御日にあたる祭日だった。午前中、皇霊殿では天皇陛下が皇族および官僚を率いて親《みずか》ら祭典を挙行された。午後は、公職にあるものを中心に挨拶回りを行うのが慣例だった。

その日はクリスマスだったから、帝都の繁華街には、単身で進駐してきた進駐軍の将兵たちが大勢繰り出していた。繁華街は、どこを見回しても進駐軍のために掲示された英語表記の看板や標識が立ち並んでいた。銀座の服部時計店は、GHQに接収されてPX（基地内売店）になり、ショーウィンドウにはセーターや革靴が飾られて、兵士たちが覗《のぞ》き込んでいた。

この年末、NHKのラジオで並木路子が「リンゴの歌」を歌うと、たちまちヒットして、多くの人たちがこの歌を口ずさんだ。戦災の焼け跡がまだらに残る通りに立ち並ぶ露天商や屋台。その一店一店を覗き回る多くの人びとの表情には苦中有楽の笑顔も見られた。

しかし、より多くの人びとは駅裏の闇市に列をなした。冬を迎えて食糧難がさらに深刻になっていたからだ。

なにしろ、戦争直前から始まった食糧品日用品の配給制度の量と質はどんどん落ちて、米の配給量は、一日に2合1勺（315グラム）、カロリーで計算すると1100カロリー程度だった。働き盛りの人の一日の基礎代謝は男性2700カロリー、女性2000カロリーだから最低限生きるためのエネルギーも摂れなかった。加えて配給米に混ぜられた麦、芋、大豆カスなどの量も増えた。副食品の魚などは4日に1回イワシ1匹程度。野菜は一日70グラム・小鉢1つ程度だった。加えて、各地で遅配も起こっていた。戦時中の無理な供出がたたって農家が供出を渋ったり、石炭不足で汽車の輸送量が低下したりしたためだった。

人びとは、栄養失調を免れるために焼け跡や空き地に野菜園を作った。国会議事堂前にも芋畑ができていた。しかしそれでも食糧が足らないために、多くの人が闇市に並んだのだ。


その日午前、大祭に参加した幣原は、午後、首相官邸の総理執務室に向かった。幣原には、前日に陛下から命ぜられた詔勅の起草という重要な仕事があった。家にいると訪問客がひっきりなしに訪れて起草どころではないから、官邸で起草しようと考えた。

幣原は、官邸の玄関に入り、守衛に軽く手を挙げて守衛室の前を通って正面階段を上り、廊下を左それから右と曲がって総理執務室に入った。その日は祭日なので官邸には守衛を除くと幣原以外だれもいない。総理執務室の執務机は部屋の奥、ちょうど外の窓を背にして設置してある。静かな雰囲気の中、幣原は執務椅子に座り、詔勅の起草にとりかかった。

そのころ国内では、徳田や志賀が神保町の共立講堂で共産党大会を開いて天皇制打破と協和政府の樹立を主張していた。彼らは、天皇・幣原・衆議院と貴族院議員の全員・陸海軍将官・財閥・軍部に協力した労働組合指導者やジャーナリスト・学者・裁判官等々を戦争犯罪者として糾弾していた。釈放時の共産党員は150人程だったが、2か月後に1200人に拡大。機関紙『赤旗』の発行部数も1万9千部、同調者は1万人。共産主義運動が急速に拡大していた。

そして、海外ではソ連・中国・イギリス・オーストラリア・そして米国の一部でも、天皇を戦争犯罪人として処罰せよ、という主張が強まっていた。

ニュルンベルグ裁判所のように我が国の戦争関係者を裁く国際裁判は来年には始まる、陛下を巻き込むことは何としても避けなければならない、幣原は改めてそう強く認識した。

だから幣原は、勅語は日本人より、むしろ外国人に好印象を与えたいと思った。そこで彼はまず英語で起草しようと考えて文字どおり一所懸命に英文を綴《つづ》った。執務机の後ろ側の窓からは冷たい隙間風が部屋に入っていたが、それを気にしてなどいられなかった。

そうしてその夜、英文ができた。英語で書き上げた詔勅草案の原文には、聖書の次に英語圏で読まれたという、ジョン・バニヤンの『天路歴程』から〝the Slough of Despond〟(失意の淵)という言葉も入れた。

夜。自宅に戻った幣原は、玄関で出迎えた雅子に鞄を預けて部屋で紬《つむぎ》の袷《あわせ》に着替えたところで喉に強い痛みを覚えた。咳き込むと咳が止まらない。急に寒気も襲ってきた。

幣原は、官邸の寒い執務室に半日居たために風邪を引いたのだった。

(この大事なときに)、そう彼は思ったが、なにしろ73歳という年齢である。妻にうつしたら大変だ。それでその夜は、雅子が出してくれた食事もほどほどに妻と別室で床に就いた。

翌朝、幣原は38度を超える高熱が出て、ぐったりしてなかなか起きられなかった。

雅子の連絡に慌てた岸秘書官が幣原の掛かり付け医の聖路加病院橋本院長を連れて公用車で幣原の家に向かった。聖路加病院は当時進駐軍に接収されて米国陸軍病院になっていた。

橋本院長の診察の前、半身を起こした幣原は、岸に手書きの英文原稿を渡して、「海外向けの詔勅の原稿なので、英文は活字にしてマッカーサー元帥に届け、併せて急ぎ前田文相に渡して邦文にして陛下に奏上するように」と指示した。

それから橋本院長が聴診器で診察を行ったが、診断の結果は急性肺炎だった。

肺炎は現代でも高齢者の死因の上位を占める病気だが、当時は特効薬がほとんどなく、まさに死に至る病の一つだった。

幣原邸の電話を借りて岸が次田書記官長に連絡すると官邸は大騒ぎとなった。次田はGHQにも一報を入れた。

知らせを受けたマッカーサーは、医官のケンドリック大佐を幣原邸に見舞いに送った。

ケンドリックの来訪を受けて、岸と橋本は幣原に「もし差し支えがなければ、総理の病気を診てもらいましょうか?」と相談したところ、幣原は、「ああ、それはぜひそうしてもらいたい」と希望したので、ケンドリックに診察してもらった。その結果、ケンドリックは「ペニシリンを打ったらよい」と診断した。

ペニシリンは1928年に英国のフレミングによって発見された抗生物質で、肺炎や敗血病の特効薬だった。戦争中英米では兵士の治療薬として量産が始まったが、我が国は交戦国のために輸入できなかった。そこで我が国では、精製元の青カビから「碧素」と名付けて精製していたが、純度は劣り、量もわずかだった。しかし、敗戦後GHQに接収されて米国陸軍病院となった聖路加病院には、米国製の純度の高いペニシリンが収蔵されていたのである。

ケンドリックはさっそくマッカーサーに幣原の診断内容を報告し、ペニシリン使用の許可を求めた。マッカーサーは心よくそれに応じた。

そこで、30代の同病院内科医・日野原重明が、ペニシリンを持って急ぎやって来た。

日野原は橋本、ケンドリックとともに幣原の寝室に入り、

「総理、私は聖路加病院の日野原と申します。米国製のペニシリンは純度も高く、何人もの肺炎患者をあっという間に直していますから心配御無用です」

と優しくしかし力強く話した。幣原と雅子の表情がパッと明るくなった。

日野原はさっそく、二人にペニシリンによるこれからの治療方針を説明し、「御質問はございませんか?」と聞いたうえであらためて幣原の診察を行ったうえでペニシリンの注射を行った。

日野原は時間をおいてペニシリンを打ち続けた。幣原の表情にはやがて生気が蘇ってきた。

一方、前田文相はさっそく幣原の英文の詔勅案を日本語訳して、陛下にお見せした。陛下は勅語案の趣旨に賛成されるとともに、今後の国家の進路を示す観点から勅語案中に五箇条の御誓文を加えるように希望された。

それから、前田文相、木下侍従次長、吉田外相が陛下の意向を踏まえて邦語訳の勅語案に筆を加え、さらにGHQからの指摘も慮って文案をいくどか修正した。その結果、一部の文章で、幣原がマッカーサーに送った英文と意味が違ってしまったところが生じた。

しかし、詔書案はそのまま30日に閣議案として奉呈され、陛下は署名された。

一方、幣原は、ペニシリンのおかげで一命を取り留めたが、高齢でもあり、なかなか快方に向かわなかった。そこへ前田が見舞いを兼ねて詔書について報告しに幣原邸を訪れた。

幣原は布団の中で詔書に目を通したが、マッカーサーに示した英語の原文と異なる点に気づいた。それで、幣原は前田に「これでは首相として総司令官への信義に悖《もと》るため、陛下に再度、原案通りに御改定を仰ぎたいと希望します」と述べた。

それで翌31日午前、前田は木下に幣原の希望を伝え、木下は御昼食中の陛下に言上した。陛下は、幣原の信義を重んじる姿勢をお褒《ほ》めになり、それを聴許された。

そこで内閣は、あらためて幣原の指摘した部分を修正した詔書を奉呈し、陛下は署名された。そうして、幣原の命がけの努力と曲折の結果まとまった詔書は、翌日すなわち昭和21年（1946）元日に次の内容で発せられた。

茲《ここ》に新年を迎ふ。顧みれば明治天皇明治の初国是として五箇条の御誓文を下し給へり。曰《いわ》く、

一、広く会議を興し万機公論に決すべし

一、上下心を一にして盛に経綸《けいりん》を行ふべし

一、官武一途庶民に至る迄各其志を遂げ人心をして倦《う》まざらしめんことを要す

一、旧来の陋習《ろうしゅう》を破り天地の公道に基（づ）くべし

一、智識を世界に求め大に皇基を振起すべし

叡旨《えいし》公明正大、又何をか加へん。朕は茲に誓を新にして国運を開かんと欲す。須《すべか》らく此の御趣旨に則り、旧来の陋習を去り、民意を暢達《ちょうたつ》し、官民挙げて平和主義に徹し、教養豊かに文化を築き、以て民生の向上を図り、新日本を建設すべし。

大小都市の蒙《こうむ》りたる戦禍、罹災者の艱苦《かんく》、産業の停頓、食糧の不足、失業者増加の趨勢等は真に心を痛ましむるものあり。然りと雖《いえど》も、我国民が現在の試煉に直面し、且《かつ》徹頭徹尾文明を平和に求むるの決意固く、克《よ》く其の結束を全うせば、独り我国のみならず全人類の為に、輝かしき前途の展

開せらるることを疑はず。

夫《そ》れ家を愛する心と国を愛する心とは我国に於《おい》て特に熱烈なるを見る。今や実に此の心を拡充し、人類愛の完成に向ひ、献身的努力を效（効）すべきの秋《とき》なり。

惟《おも》ふに長きに亘《わた》れる戦争の敗北に終りたる結果、我国民は動《やや》もすれば焦躁に流れ、失意の淵に沈《ちん》淪《りん》せんとするの傾きあり。詭《き》激《げき》の風漸く長じて道義の念頗《すこぶ》る衰へ、為に思想混乱の兆《きざし》あるは洵《まこと》に深憂に堪へず。

然れども朕は爾《なん》等《じら》国民と共に在り、常に利害を同じうし休戚《きゅうせき》（喜びと悲しみ）を分たんと欲す。朕と爾等国民との間の紐帯は、終始相互の信頼と敬愛とに依りて結ばれ、単なる神話と伝説とに依りて生ぜるものに非ず。天皇を以て現御神《あきつみかみ》とし、且日本国民を以て他の民族に優越せる民族にして、延《のべ》て世界を支配すべき運命を有すとの架空なる観念に基（づ）くものにも非ず。

朕の政府は国民の試煉と苦難とを緩和せんが為、あらゆる施策と経営とに万全の方途を講ずべし。同時に朕は我国民が時《じ》艱《かん》に蹶《けっ》起《き》し、当面の困苦克服の為に、又産業及文運振興の為に勇往せんことを希念す。我国民が其の公民生活に於て団結し、相倚《あいよ》り相扶け、寛容相許すの気風を作興するに於ては、能く我至高の伝統に恥ぢざる真価を発揮するに至らん。斯《かく》のごときは実に我国民が人類の福祉と向上との為、絶大なる貢献を為す所以《ゆえん》なるを疑はざるなり。

一年の計は年頭に在り、朕は朕の信頼する国民が朕と其の心を一にして、自ら奮ひ自ら励まし、以て此の大業を成就せんことを庶幾《こいねが》ふ。

御名　御璽

（原文　漢字カタカナ交じり文）

この詔書は、文中の「天皇を以て現御神」とするのは「架空なる観念」である、と天皇が自らの神格性を否定された点から「人間宣言」と呼ばれて世に広がったが、全体を通しては、天皇が神格性を否定されたうえで、「五箇条ノ御誓文」の精神に立ち返り、国民の先頭に立って過去の誤った政策を断固排除し、平和主義に徹し、国民の要望に寄り添って豊かな文化と国民生活を向上させる新日本を建設し、人類の福祉と向上に貢献する、そのように誓いを新たにして国運を開く、と宣言された内容だった。詔書と同時に新聞紙上に掲載された「謹話」で幣原は、「宜《よろ》しく聖旨を奉体して、民主主義、平和主義、合理主義に徹せる新国家を建設し、以て宸襟《しんきん》を安んじ奉らんことを期すべきであります」と述べて天皇陛下の聖旨が民主主義・平和主義・合理主義に徹する新日本の建設にあることを強調した。

この詔書が渙発されるとマッカーサーは次のような声明を発表した。

天皇陛下の新年の声明は大変私を喜ばせました。

その声明によって、天皇は国民の民主化を率いる役割を引き受けられました。天皇陛下は今後、真正面から自由主義に沿った立場に立たれる。天皇陛下の行動は、日本に健全な思想が普及することに圧倒的な影響ももたらすものです。健全な思想はもはや止まることができなくなりました。

そしてこの詔書は、幣原の狙い通り、国内以上に海外で圧倒的に好評を得た。

米国の『ワシントン・ポスト』は、「天皇を破壊せずして、日本軍国主義を破壊することはできない、という主張はこの天皇の宣言で効果を失った」と論じた。他紙も同様だった。

外電でそのことを知った幣原は、病床でほっと安どの表情を浮かべた。

十　公職追放と内閣改造

この年昭和21年は、陛下の年頭詔書、いわゆる天皇の「人間宣言」で年が明けた。あいかわらず飢餓に追われる大方の日本人も年頭に際して、それぞれの立場で「平和日本の新建設」「民主主義を根底とする再興日本の建設」を願い、神社・仏閣・教会で祈った。

1月4日、宮中では政始《まつりごとはじめ》の儀式が行われた。それが終わって、病気療養中の幣原以外の閣僚たちが、控えの間で和気あいあいと祝いの酒を酌み交わしていた。

その祝いの席の最中にGHQから日本政府に対して「公職より好ましからざる職員除去に関する件」の通知が飛び込んできた。いわゆる公職追放の指令である。GHQ内部では、12月下旬には追放者の条件の洗い出しは完了していたが、既述の通り、マッカーサーの配慮で正月三が日まではその発表を控えていたのである。

その知らせを聞いた閣僚たちは、酒の酔いが一変に覚《さ》めた。彼らは、追放者の広範囲な対象を知って大衝撃を受けて、ともかくも宮中を早々に失礼した後、周章狼狽《しゅうしょうろうばい》大混乱となった。

なにしろ、追放となる者の範囲は、戦争犯罪人はもちろん、陸海軍の職業軍人、国家主義団体・暴力主義的団体・秘密愛国団体の有力者、大政翼賛会・翼賛政治会の有力者、日本の膨張に関係した金融機関および関係機関の役員、占領地の行政官、その他の軍国主義者および極端な国家主義者、というもので、その対象に含まれる者は数万人に及ぶと思われた。特に、衆議院や貴族院の議員の中には戦争中に内閣を支えた一国一党の全体主義政党である大政翼賛会や翼賛政治会のメンバーも多く、彼らが皆追放になって第22回総選挙の被選挙権を失うのだから、文字どおり日本中がひっくり返る大事件だった。

日本の政治家の多くは、「GHQは、公職追放によって、自分たちを根こそぎ政治の表舞台から追放して共産党に政権を取って代わらせる無血革命を起こしたのだ！」と嘆いた。

翌5日の毎日新聞や読売報知には、公職追放に該当する閣僚として、堀切内相、田中運輸相、松村農相、前田文相、松本国務相、芦田厚相、次田書記官長の7名の名前が掲載されたが、芦田の名前は6日に紙面から消え、この6名が確定的になった。幣原内閣の閣僚の約半数であった。

自宅の病床にあった幣原もGHQの大規模な公職追放指令と閣僚の約半数がその対象となることにショックを受けた。

「総司令部のやり方はあまりに酷いではないか！　これでは、我々の内閣に不信任を突きつけたものと同じだ。それに、もし内閣改造を行ったとしても、敗戦直後から一蓮托生でやってきた閣僚の諸君に向かって、誰には辞めてもらう、誰は残ってもらう、というような決定をすることは、自分の良心が許さぬ。総司令部に対する抗議の意味を含めて、ここは内閣総辞職を行うほかあるまい」、布団の中から天井を見ながら、幣原はそう独り言《ひとりごと》ちた。

1月9日、病気中の幣原の意向を受けて吉田が第一生命館にマッカーサーを訪ねた。

ホイットニーとともに吉田が部屋に入ると、執務机のマッカーサーは無愛想に彼を見た。

「憲法の定めに則り、幣原内閣の閣僚全員は明日天皇に辞表を提出して総辞職します。天皇は次の組閣者を任命する権限を持ちますが、幣原男爵に改めて組閣の命令が下される予定です」

吉田がマッカーサーにそう述べると、彼は吉田に冷たいまなざしを投げて次のように語った。

「今回の公職追放指令は、日本の民主化のために行うものですべて総司令部の責任で行うものだ。したがって、幣原内閣が辞職することはない。内閣改造でやっていけるではないか？吉田外相、私は幣原男爵に対しては、最高の敬意を払っているし、また男爵ほど私の指令の条件を履行する資格を持った人を他に知らない。私は、幣原内閣の困難な立場は十分承知しているし、現内閣の後ろに極左が間隙を狙っている事情も十分知っている。しかし、もし内閣が総辞職をすれば、日本国民は幣原内閣が私の指令を履行できないのだと解釈するだけだろう。そうなると、幣原男爵を首相に再任命することは、天皇陛下は承諾できるかもしれないが、私には承諾できない」

マッカーサーは、いまさら民意に基づかない総理の選出などありえない、そう吉田に語ったのだ。そのことは、SWNCC228の記述から当然のことだった。

マッカーサーと吉田の間に冷たい沈黙が続いた。

吉田は、「最高司令官のメッセージを幣原男爵に伝えます」と述べてていねいに頭を下げた。

ホイットニーは吉田をエレベーターまで見送り、

「最高司令官の言ったことはおわかりでしょうね、吉田外相？」

と声を掛けた。

エレベーターのドアが開くや、吉田は彼を意味ありげに見て、

「よくわかっていますよ、よくわかっています」

そう答えてエレベーターの中に消えた。

吉田はその足で岡本の幣原邸に行き、マッカーサーとの会話の内容を伝えた。

その結果、内閣は総辞職せず、公職追放の対象となる閣僚を入れ替える内閣改造で危機を乗り切ることになった。しかし、公職追放の対象にならない者を選ぶのは容易ではなかった。

1月12日朝、改造人事の最終調整の件で芦田が幣原邸を訪ねると、雅子は芦田を幣原の病室

に通した。幣原の血圧は、下が一時は60となり、肺炎から敗血症を起こしかけていたが、ペニシリンの効果により、それも70~80と上がってきて、ようやく快方に向かっていた。

半身を起こした幣原に芦田は前日の閣議の様子を報告し、「去り行く閣僚の態度もいかにも立派でした」そう涙を目ににじませて語った。頷く幣原の目にも涙が浮かんだ。

それから幣原は、改造内閣の構想を芦田に語った。

幣原が、「戦前から蔵相や内閣書記官長を務めた三土忠造君に内務大臣就任を打診し、彼の返事を待っている」と芦田に述べると、芦田は「実は」と前置きして、「改造内閣では相当の人物に入閣してもらわないと幣原内閣はとうてい持たない。少なくとも農相と内相は重大、私もそう考えていろいろ動いてみました。昨夕、三土氏を訪問して大蔵大臣になってもらえないか談判したところ、三土氏から『君だけに言うが、さっき松村君が総理の使者として僕に内相の椅子を受けてくれと伝えてきた、考えさせてくれと答えた』と言われました」と裏話を伝えた。

幣原はすこぶる喜んで「三土君は引き受けてくれそうか?」と勢いを得たように言った。

芦田が首を縦に振ると、幣原も大きく頷いた。

やがて、雅子が「お医者様が来て待っていらっしゃる」と言いに来た。それを機に芦田は幣原邸を出たが、幣原の率直な態度が脳裏に深く印象づけられた。(情義上最後までこの人には背けない、幣原を支えていこう)彼は、そう考えながら幣原邸を後にした。

そうして、三土が堀切の代わりに内相を務め、田中運輸相の後任として日本通運の村上義一が決まるまでは三土が運輸相も兼務した。松村農相の後任は、その三土の推薦で農商務省出身の副島千八と決まった。前田文相の後任は、漱石門下の第一高等学校長・安倍能成に決まった。松本国務大臣は憲法改正問題に不可欠のため、それが完了するまで留任となった。そして、次田書記官長の後任には楢橋が就任し、法制局長官には石黒武重が、次長には入江俊郎が就いた。

十一　幣原の病床での熟慮と戦争放棄条項

話は少し遡る。

ＧＨＱが公職追放の指令を発出した直後の1月7日（月）、幣原が病後療養中のために松本国務相が単身で天皇陛下に「憲法私案」を1時間にわたって奏上した。その私案は、前月8日に衆議院予算委員会で彼が説明した四原則に則って年末に別荘でまとめたものだった。

これに対して陛下は、枢密顧問や行政裁判の規定など、帝国憲法の条規に照らして変更された規定について御質問の後、かつて奏上された佐々木惣一の「帝国憲法改正の必要」の文書を松本に御渡しになった。陛下はその際、松本に何も言われなかったが、それは、「佐々木の憲法改正案もよく検討して取り入れるように」という御趣旨に外ならなかった。

たとえば、天皇の統治権について、松本私案では、「天皇はこれを総攬《そうらん》し、此の憲法の条規に依りこれを行う」とあったが、佐々木案では、「天皇統治権を行うは万民の翼賛を以てす、万民の翼賛は此の憲法の定むる方法に依る」とあり、佐々木案の方がより民主的であった。

しかし、自信家の松本には陛下の御趣旨が理解できなかった。

その翌週の日曜日（1月13日）、幣原は内閣を改造し、天皇陛下による新閣僚の親任式が宮中で行われた。幣原は閣僚の約半数が公職追放の対象となるという危機を内閣改造で乗り切った形になったが、その幣原本人は自宅で療養中の身のために親任式も欠席していた。

改造内閣が成立すると、GHQから「総選挙は3月15日以降に行うようにせよ」という指令が届いた。この指令は、総選挙を延期せよというよりは、公職追放の条件によって公職を追放されて被選挙権を失う者を洗い出して除外し、その名簿に記載のない立候補者に対しても審査を徹底したうえで、できるだけ早く総選挙を行えという趣旨だった。

GHQは公職追放の対象となる者の名簿を秘密裏に作成していた。それらの人物の経歴や所属を帰納したものが、公職追放に該当する人物の条件リストだった。しかし、日本側は逆に、公職追放の条件を演繹《えんえき》して対象者を洗い出し、かつ、立候補を望む者に対しては事前に資格審査を充分に行う必要があった。審査前の下馬評では、例えば、進歩党は結党時の274名中で資格審査を通るのは1割未満の見込みとなり、同党では大恐慌をきたしていた。

そのような作業を終えるには2か月半は必要と見込まれたので、幣原内閣は総選挙の日程を3月31日に決定した。なお、その後、憲法問題の対応も生じて、4月10日に変更される。

振り返ると、12月の衆議院解散時点の幣原内閣の思惑は、史上はじめての男女同権の衆議院議員選挙をできるだけ早く行ったうえで、新たに国民から選ばれた衆議院議員によって内閣が信任されることで、幣原内閣がポツダム宣言にある「国民の自由に表明する意思に従って平和的傾向を有しかつ責任ある政府」であるとのお墨付きを得ることだった。ところが、その総選挙は、公職追放によって従来の大方の代議士が一掃された後のものになることは間違いなく、いったい総選挙の結果がどうなるのか皆目《かいもく》見当がつかなくなってしまった。GHQの要求する民主化とは、政府の想定以上の非常に厳しいものだったのだ。

幣原は、先月から今月半ば、すなわち昭和20年12月から21年1月中旬までのわずか1か月半の間の他事多端《たじたたん》を療養中の布団の中で思い返していた。

国内では、帝国議会での重要法案の成立と衆議院の解散、即座のGHQによる総選挙の延期指示。これは今から思えば、GHQによる公職追放の布石であった。さらにまたGHQによる木戸や近衛を含む大量の戦犯容疑者指名と逮捕、近衛の自死。近いうちにニュルンベルグ裁判所のような国際軍事裁判所が日本でも開かれて容疑者が起訴されるのは明らかだ。問題は天皇陛下にも起訴の手が及ぶかどうか、だ。それを防ぐためにも今年元旦の詔勅は必要だった。自分はその起草と引き換えに深刻な肺炎に罹《かか》ったが、幸い、詔勅は海外から高く評価を受けた。

罹患した肺炎もマッカーサーの好意によるペニシリンの注射で快方に向かい、どうやら命拾いした。ほっとしたとたんにGHQからきわめて広範囲な公職追放の指令を受けた。私は抗議の意味で総辞職と再組閣をしようと考えたが、これもマッカーサーから否定された。民意に基づかない陛下による首班指名は、もはや認められないということだ。天皇が統治権を総攬するという大原則を変更しない松本君の憲法改正案はGHQから受け入れられないだろう。憲法改正案はさらに吟味する必要がある。

幣原は、マッカーサーの一連の動きがSWNCC228に基づくものだとはもちろん知らなかったが、外交官そして駐米大使としての経験と知識から米国やマッカーサーが求めているものが何かはわかった。

それ以上に問題は、天皇制の廃止を主張するソ連に拒否権を与えた極東委員会が来月下旬には活動を開始することだ。最近の外信では、極東委員会のメンバー国であるオーストラリアやニュージーランドもソ連の意向に同調して天皇制を廃止せよと主張しているという。ソ連の反対を退けて天皇制を維持できる憲法改正案はできないものか？　すくなくとも、極東委員会でのソ連の主張を孤立化させる方法はないものか？

幣原はいろいろと考えを巡らせた。

オーストラリアは、戦争中、我が軍が幾度も空襲を行い、多くの民間人が犠牲になった。さらに、我が軍の捕虜虐待により、オーストラリア兵の捕虜の多くが命を失った。特にタイとビルマを結ぶ泰緬《たいめん》鉄道の建設工事に使役されたオーストラリア兵の捕虜3千人のうち半分は赤痢や栄養失調で亡くなったと聞く。だからこれらの国は我が国を極度に恐れているのだ。彼らに与えていた日本の印象は、天皇と戦争の不可分というべき関係だ。日本軍は「皇軍」すなわち「天皇の軍隊」であり、日本人は捕虜も虐待するし、自分たちも天皇のためなら平気で死んでいく。恐るべきは「皇軍」である。いまは軍隊もなくなったが、憲法改正によって独立を回復し、再軍備したら大変である。またいつ我が国に侵略してくるかわからず、枕を高くして眠ることもできない。

それが幣原の分析による、オーストラリアなど天皇制の廃止を要求した国々の論理だった。

幣原は、考えて考え抜いた結果、ある名案が閃いた。それは、改正憲法に戦争放棄条項を入れることで天皇制も改正憲法に明記できる、という考えだった。

オーストラリアその他の国々は、日本の再軍備を恐れるのであって、天皇制そのものを問題にしているわけではない。故に戦争が放棄されたうえで、単に名目的に天皇が存続するだけなら、戦争の権化としての天皇は消滅するから、彼らの対象とする天皇制は廃止されたと同然である。もともとアメリカ側である濠州その他の諸国は、この案ならばアメリカと歩調を揃え、逆にソ連を孤立させることができる。

さらに幣原は次のように考えた。

わずかばかりの軍隊を持つことはほとんど意味がない。むしろ、積極的に軍備を全廃し戦争を放棄し、そのうえで武器を持たない国民が一致協力、一団となって精神的に結束すれば軍隊よりも強い。軍備よりも何よりも正義の本道を辿《たど》って天下の公論に訴える。これからの日本の防衛はこれ以外にない。わずかばかりの兵隊を持つよりも、むしろ軍備を全廃すべきだ。

幣原はさらに、日本が軍備を全廃すれば世界から戦争をなくすことにも貢献できると考えた。幣原は、外交官そして外務大臣としての経験から軍縮交渉の困難さを身をもって知っていた。駐米大使だった幣原が参加したワシントン会議（1921〜22）では、主力艦の保有量の米・

英・日の比率を10・10・6で妥結し、他の条約を含めて「ワシントン体制」として暫時太平洋の平和秩序を維持することができた。しかし、それ以降、各国は各種補助艦の建造を進めた。そこでロンドン軍縮会議（1930）で各種補助艦の保有率に制限をすべく協議したが、米英が主張する「10・10・6」に対して日本は海軍の主張を受けて「10・10・7」を主張して対立した。交渉は日本の要求を受けてほぼそれに近い率で妥結となったが、海軍軍令部は統帥権干犯問題を惹《じゃっ》起《き》して条約批准の反対運動を展開。政府がどうにか批准に成功すると浜口雄幸首相が狙撃されて重傷を負って総辞職し、浜口は傷が原因で死去した。その後、日本はワシントン、ロンドン両軍縮条約を廃棄し、列強も無制限の軍拡競争に突入して第二次世界大戦の火種となった。

このように軍縮交渉は、交渉相手国だけでなく、自国内の不満層との交渉も必要であり、合意だけでなく、その合意を維持することにも困難が付きまとう。

原爆が開発された現在、それが他国に波及するのは時間の問題である。そうなると、次の戦争の結末は想像を絶する。世界は亡びるかもしれない。いずれにせよ、戦争は破滅的悲劇をもたらすほかない。その悲劇を救う唯一の手段は軍縮だが、それは経験からいってほとんど不可能である。そのほとんど不可能というべき軍縮を可能にする突破口は、もはや自発的戦争放棄国の出現を期待する以外ないであろう。同時にそのような戦争放棄国の出現もまたほとんど空想に近いが、幸か不幸か、日本は今その役割を果たし得る位置にある。考えると、戦争を放棄することは、日本の安全のためにも必要だ。もちろん軍隊を持たないといっても警察は別だ。警察のない社会は考えられない。ことに世界の一員として、将来世界警察への分担責任は当然負わなければならない。しかし強大な武力と対抗する陸海空軍というものは有害無益だ。我が国の自衛は徹頭徹尾正義の力でなければならない。その正義とは、日本だけの主観的な独断ではなく、世界の公平な世論によって裏付けされたものでなければならない。そうした世論が国際的に形成されるように必ずなるだろう。なぜなら、世界の秩序を維持する必要があるからである。

もしある国が日本を侵略しようとする。そのことが世界の秩序を破壊する恐れがあるとすれば、それによって脅威を受ける第三国は黙っていない。その第三国との特定の保護条約の有無にかかわらず、その第三国は当然日本の安全のために必要な努力をするだろう。ようするにこれからは世界的視野に立った外交の力に依って我が国の安全を護るべきで、だから死中に活があるというわけだ。だからこそ、戦争放棄条項を改正憲法に入れることは、天皇制を存続させるとともに自国の防衛はもちろん、世界から戦争をなくすことに貢献する、いわば一石二鳥三鳥の名案である。

このように、改正憲法に戦争放棄条項を入れることによって天皇制もまた改正憲法に明記することができる、という幣原のひらめきは、しだいに彼の確信に変わっていった。

しかし、戦争放棄条項を憲法に入れることは、国の在り方に直接関わることだから、政府としてこれを提案することは困難だった。一方、天皇制を明確に反対しているソ連やオーストラリアが拒否権を持つ極東委員会の設立が決定している以上、戦争放棄条項を入れずに天皇の位置付けだけを明記した改正憲法では、極東委員会で否決されるのは明らかだった。

そこで幣原は、マッカーサーに進言し、命令としてそれを憲法に入れてもらおうと考えた。

……しかし、これは実に重大なことであって、一歩誤れば首相自らが国体と祖国の命運を売り渡す国賊行為の汚名を覚悟しなければならぬ。松本君にさえも打ち明けることのできないことである。したがって誰にも気づかれないようにマッカーサーに会わねばならぬ……。

幣原は病床で思案を続けた。

十二　秘密の外交交渉

幣原は高齢であり、病床でも諸問題に取り組んで療養に専念できなかったために治癒に時間がかかった。主治医からようやく全快の診断と外出の許可が出たのは、1月10日(木)だった。

幣原はさっそく岸書記官に2件のアポイントメントを取らせた。

1件目は天皇陛下に対する病気完治の御礼言上。2件目はマッカーサーに対するペニシリンのお礼を述べるための会談である。後者についてはマッカーサーと自分の二人だけで時間も2時間は取れるように、と岸に指示した。

「ところで、元帥は、昼食は何がお好きだろうか?」

そう幣原が岸に問うと、岸は、

「ホイットニー准将のお話ですと、元帥は、昼食と晩食はスープ、サラダ、コーヒーなど。それ以上のものは滅多に召し上がらないそうです。元帥が一番多く召し上がるのは朝食で、くだもの、オートミール、鶏卵、トースト、コーヒーなどだそうです」と答えた。

「それじゃあ、一緒に午餐《ごさん》をしながら、というわけにはいかないね」

幣原は残念そうに言った。


天皇陛下への拝謁は翌週月曜日、1月21日の午後に行った。

幣原が病気完治の御礼を言上すると、陛下は「朕も嬉しく思う」との御言葉を下さり、幣原は感激もひとしおだった。

マッカーサーとのアポイントメントは24日正午に決まったが、その2日前の22日、マッカーサーによる「極東国際軍事裁判所の設置に関する命令」と彼が承認した「極東国際軍事裁判所条例」（いずれも1月19日付）がＧＨＱから発表された。

幣原は、その命令の第1条に、「極東国際軍事裁判所は、平和に対する罪又は平和に対する罪を含む犯罪」に関する戦争犯罪人容疑者を審理する、とあることに注目した。

「連合国は、ポツダム宣言にある『捕虜の虐待を含む一切の戦争犯罪人』だけでなく、ニュルンベルグ裁判所のように『平和に対する罪』として開戦に関わった者も裁こうとしているのだ」

彼は、天皇陛下の訴追の可能性を考えて覚悟を決めた。

その2日後の1月24日(木)、正午、東京丸の内。

第一生命館の角柱の前に黒塗りの車が停車し、岸が急いで、そして幣原がゆっくり降りた。幣原が見上げると、ビルの頂きの中央に星条旗が翻っている。

それから幣原が先に、岸が後にエントランスの階段を登ると、両側のヘルメットと軍服姿のGHQ警備員は、二人に敬礼して入館を許した。二人は玄関ホールからエレベーターホールに移ると、同所に居た警備員が敬礼をしてエレベーターの呼び出しボタンを押してくれた。

エレベーターが来てドアが開くと二人は乗り込み、6階のボタンを押した。

そして6階に着いてエレベーターのドアが開くと、ホイットニー准将が待っていた。

ホイットニーは幣原に握手して「御全快おめでとうございます」と挨拶し、続いて岸と握手した。岸から「お車でお待ちしています」と話しかけられた幣原は頷き、ホイットニーの案内でマッカーサーの執務室に入っていった。


正面の窓の前、大きな執務机の向こうに座っていたマッカーサーは浮かない顔をしていたが、ホイットニーの声掛けで幣原を見ると顔に喜色を浮かべ、立ち上がって入口の幣原に近づいた。

マッカーサーは幣原と握手を交わし、病気の見舞いを述べた。幣原が全快した旨を述べると、それはよかった、と彼の肩をポンポンと叩いた。

ホイットニーが離席すると、マッカーサーは幣原を執務机に2脚据えている肘掛け椅子の左側に座らせ、自ら入口側のテーブルに置かれたスタンレーのスチール・ポットからコーヒーを受け皿付カップに注いで幣原の前に置いた。

「バロン・シデハラ、ランチはいかがですか?」

「ありがとうございます。私は済ましてきました。元帥閣下は召し上がりましたが?」

執務椅子に座ったマッカーサーは、自分のコーヒーカップを持ち上げて

「これです」

とウィンクし、二人は笑い合った。

幣原はあらためてペニシリンのお礼を述べた。

「自分は高齢でもあり、罹患した当初はもうダメだ、と思いました。ところが、元帥はすぐに軍医のケンドリック大佐を見舞いに派遣してくださり、大佐が、米国陸軍病院に収蔵していたペニシリンを打つべきだ、と診断されると、元帥はすぐにその使用の許可をしてくださった。おかげで命拾いをしました、心よりお礼を申し上げます」

幣原はそう言って深々と頭を下げた。

マッカーサーは、両手を軽く上に挙げて、「当然のことをしたまでです」と答えた。

幣原は彼の言葉が嬉しかった。そして、総理大臣として初めてマッカーサーに会ってから、

彼としだいに親しくなったことを思い出した。

マッカーサーは昔のエピソードを幣原に語った。

「もう40年以上も前になりますが、私が士官候補生として日本に来たとき、貴方は外務大臣で、『米国の将来を背負う軍人』として紹介された私に握手してくださいましたね。私はその記憶があったから、バロンが総理大臣になると聞いたとき、正直に言えば、もう相当なお年のはずだから総理の激務などとてもできないのではないか、と思いました。しかし、実際に貴方にお会いしてみると、そのたびに人格の立派さに敬服し、私の父親のような気がしてなりません。貴方には私が無事に任務を終えられるよう絶大な協力と助言をお願いします。私もバロンに協力して日本のためになるよう尽力しますから」

マッカーサーは幣原と会うたび、その会見を楽しみ、彼と別れるときは玄関まで見送ってくれるようになっていた。若きマッカーサーが日本に来た当時、幣原は、実際は外務大臣ではなく、外務大臣官房電信課長だったが、彼は親しみを込めて大げさに言ったのだった。

そのような親しくなった関係を踏まえて、幣原は次のような話を切り出した。

「元帥閣下、今回の肺炎はおかげ様でかろうじて生き延びましたが、私は年を取っているのでいつ死ぬかわかりません。だから生きている間にどうしても天皇制を維持させてほしいと思っています。協力していただけますか？」

マッカーサーは幣原の顔をまっすぐ見た後、右手であごをさすり、心底困った顔をして、

「実は、きわめて厄介なのは、つい先月モスクワで開かれた米英ソ外相会議で極東委員会の設置が決まったことです。極東委員会は日本の占領政策に関する最高政策決定機関になり、活動が始まると私は委員会の指令を執行する立場に変わります。極東委員会は日本の憲法改正についても、決定権と拒否権を持ちます。そして、その活動は来月26日から始まります。これらのことはすでに報道されているからバロンも御存じでしょう」

幣原は頷いた。

マッカーサーは話を続けて、

「天皇制を廃止せよと声高に主張しているのはソ連ですが、最近はオーストラリアやニュージーランドもソ連に同調し始めました。ソ連はもちろん、彼らも極東委員会のメンバーです。アメリカ本国においても天皇制は廃止すべきだとの強力な意見も出ています……」

マッカーサーは少し間をおいてから、

「しかし、私は、占領するにあたり一発の銃声もなく一滴の血も流さず進駐できたのはまったく天皇陛下の力に依ることが大きいと深く感じています。私は天皇陛下を尊敬し、また日本にとって天皇は必要な方だと思うから天皇制を維持させることに協力し、努力したいと思っています」

幣原はその話を聞いて感謝の気持ちを伝えた。

幣原にはもう一つ確認しなければならない事案があった。先日マッカーサーが承認した「極東国際軍事裁判所条例」のことである。

「陛下も戦争犯罪人として起訴される可能性はあるのでしょうか？」

マッカーサーは少し躊躇《ちゅうちょ》した後、「イエス」と答えて、次のような話をした。

「先日オーストラリアが連合国戦争犯罪委員会に提出した戦争犯罪人名簿に天皇の御名前がありました。アメリカ本国からも陛下の戦争責任に関する証拠資料を提出するよう指示が届いています。まだ回答せず保留していますが。

日本政府は天皇に戦争責任があると考えていますか」

「いいえ。陛下に戦争責任はありません」

幣原は首を横に振ってきっぱり断言した。

幣原内閣は、昨年11月5日、天皇陛下の戦争責任に関する見解を統一見解として閣議決定していた。彼はその見解をかいつまんで説明した。

「開戦前、天皇陛下におかれましては、あくまで対米交渉を平和裏に妥結させることを熱望しておられました。かつ、陛下御自身は平和主義者でいらっしゃるにもかかわらず、開戦の決定、作戦計画の遂行などに関しては憲法の運用上確立されている慣例に従って、大本営や政府の決定した事項を却下することはおできになりませんでした」

「今年の年頭の詔書をお出しになった際、陛下は、御祖父様の明治天皇が明治初年に日本の国是として天地神明に誓われた五箇条の御誓文を入れるように指示されました。その第一条には、『広く人材を集めて会議体を設け、政務はすべて公正な意見によって決定せよ』とあります。その精神に立ち返れと仰せになったこと自体、陛下がデモクラット、民主政体主義であられることを示しています」

さらに幣原は、「もし陛下が起訴されるようなことがあれば、国民に途方もない動揺を招き、その影響は計り知れません。陛下は国民を統合する象徴でもあります。彼を滅ぼせば国は崩壊します」と熱心に説いた。

マッカーサーは幣原の話を黙って熱心に聞いていたが、幣原の最後の言葉に対しては、

「バロン、それは脅しかな?」と笑った。

それから続けて、「バロン、私は天皇制の維持にできる限り協力したい」とあらためて述べた。

幣原がマッカーサーに「約束してくださいますか?」と念を押すと、彼は「イエス」と頷いた。

それから幣原は、口を少し開いて何か話をしようとしたが、言うべきかどうかためらって口を閉じ、いくぶんきまりが悪そうな表情を見せた。

それに気づいたマッカーサーは、

「バロン・シデハラ、何か問題があるのでしょうか？　苦情であれ提案であれ、貴方は日本の総理大臣として最大限率直に私に話ができるのですよ」

彼のフランクな言葉を受けて、幣原は、

「元帥閣下は軍人というお仕事でいらっしゃるから、私は話をするのをためらっているのです」と話した。

マッカーサーは肩をすくめた後、次のように述べた。

「軍人は、ときどき描写されるほど感受性が鈍かったり、柔軟性がなかったりするわけではありません。お話を率直に伺うことを約束します。軍人の腹の底はまったく人間的なのです」

そこで幣原は、思い切って次のように語った。

「今度、新憲法が起草されるときには、戦争と軍事施設の維持を永久に放棄する条項を含むようにしたいと考えています」

マッカーサーは驚いた。

「バロン！　どういうことですか？」

「今回の戦争で原子爆弾というものができた以上、世界の事情は根本的に変わってしまったと私は思います。なぜなら、この兵器は今後さらに幾十倍幾百倍と発達するだろうからです。おそらく次の戦争は短時間のうちに交戦国の大小都市がことごとく灰燼に帰してしまう破滅的悲劇になるでしょう。そうなれば、世界は真剣に戦争をやめることを考えなければなりません。戦争をやめるには武器を持たないことが一番の保証になります。だから、日本は、占領期だけでなく、憲法という恒久的な規定に戦争の放棄を入れるように提案したいと考えます」

幣原がそう話したところ、マッカーサーは急に椅子から立ち上がって、

「バロン！　そのとおりだ！」と声を上げた。

幣原も驚いて立ち上がると、彼は幣原の手を両手で握り、一気に次の話をした。

「世界から戦争をなくすために戦争と軍備を放棄するという総理の考えに私もまったく賛成です。私も戦争、すなわち国家間の紛争を解決しようとする時代遅れの手段としての戦争は廃止されなければならないと確信しています。おそらく、現存の人間で、私以上に多くの戦争とその破壊を見た者は他にいないでしょう。20を越える戦役の軍事作戦に参加したベテラン兵として、6つの戦争に参加や観戦をし、無数の戦場を生き残った者として、そして、世界のほとんどあらゆる国の兵士とともに、または、彼らを相手にして戦いました。その間に抱いてきた私の戦争への嫌悪は、当然ながら原爆の完成によって極度に高まりました」

今度は幣原がマッカーサーの言葉に感動した。彼の目にも涙が溢《あふ》れた。

幣原は続けて、新憲法に戦争放棄条項を入れる現実的な必要性について一気に語った。

「新憲法に戦争放棄条項に入れることによって、日本は軍国主義の再出現を防ぎ、同時に自

由世界の最も懐疑的な人びとに対して、日本はこれから平和主義の道を追求しようとしている という有力な証拠を示すことができます。オーストラリアやニュージーランドが、天皇制の廃止を主張するソ連に同調する理由は、日本を極端に恐れているからでしょう。日本が再軍備をしたら大変だと。彼らに与えた印象は、天皇と戦争の不可分とも言うべき関係です。『日本人は天皇のためなら死んでいく、恐るべきは皇軍である』と。ゆえに、戦争が放棄されたうえで、単に名目的に天皇が存続するだけなら、戦争の権化としての天皇は消滅するから、彼らの対象とする天皇制は廃止されたと同然ですから、彼らがソ連に同調する理由がなくなります」

幣原の言葉を聞いて、マッカーサーの表情が一瞬明るくなった。ところが、

「バロン・シデハラのいう通り、戦争放棄とセットで天皇を元首として新憲法に明記すれば彼らは反対しないだろう。しかし……問題が二つある」

マッカーサーはそう言って幣原に座るように促し、自分も執務椅子に座った。

マッカーサーが指摘したのは、日本が戦争と軍備を放棄した場合のアメリカの世界戦略とソ連の共産主義に対する影響だった。

マッカーサーの懸念について幣原は次のように語った。当然の懸念だったから、事前に考えをまとめていたのである。

「元帥閣下、日米親善はかならずしも軍事一体化ではありません。日本がアメリカの尖兵と

なることがはたしてアメリカのためでしょうか。原子爆弾はやがて他国にも波及するでしょう。次の戦争は想像を絶するものになります。世界は亡びるかもしれません。世界が亡びればアメリカも亡びます。問題はいまやアメリカでもソ連でも日本でもありません。問題は世界です。いかにして世界の運命を切り拓くかです。日本がアメリカとまったく同じものになったら誰が世界の運命を切り拓きますか。好むと好まざるにかかわらず、世界は一つの世界に向かって進むほかありません。来るべき戦争の終着駅は破滅的悲劇でしかないからです。その悲劇を救う唯一の手段は軍縮ですが、ほとんど不可能ともいうべき軍縮を可能にする突破口は自発的戦争放棄国の出現を期待する以外ないでしょう。同時にそのような戦争放棄国の出現もまたほとんど空想に近いのですが、幸か不幸か、日本はいまその役割を果たし得る位置にあります。歴史の偶然はたまたま日本に世界史的任務を受け持つ機会を与えたのです。

貴下が賛成されるなら、現段階における日本の戦争放棄は、対外的にも対内的にも承認される可能性があります。歴史のこの偶然をいまこそ利用するときです。そして日本をして自主的に行動させることが世界を救い、したがってアメリカをも救う唯一つの道ではないでしょうか」

マッカーサーは、壁に掛けた水彩画「ショアハム港の引き潮」の方をすこし見てから頷いた。

幣原は話を続けた。

「また、日本の戦争放棄が共産主義者に有利な口実を与えるという危険は実際ありえます。

しかしより大きな危険から遠ざかる方が大切でしょう。世界は当分資本主義と共産主義の宿敵の対決を続けるでしょうが、イデオロギーは絶対的に不動のものではありえません。それを不動のものと考えることが世界を混乱させるのです。未来を約束するものは、たえず新しい思想に向かって創造発展していく道だけです。

共産主義者はいまのところはまだマルクスとレーニンの主義を絶対的真理であるかのごとく考えていますが、そのような論理や予言はやがて歴史の彼方に埋没してしまうでしょう。現にアメリカの資本主義が共産主義者の理論的攻撃にもかかわらずいささかの動揺も示さないのは、資本主義がそうした理論に先行して自らを創造発展せしめたからです。それと同様に共産主義のイデオロギーもいずれまったく変貌してしまうでしょう。本当の敵はソ連でも共産主義でもありません。このことはやがてロシア人も気づくでしょう。彼らの敵もアメリカでもなく資本主義でもないのです。世界の共通の敵は戦争そのものなのです」

マッカーサーは幣原を見つめ直し、大きく頷いた。

幣原は最後に「閣下、日本はすべての海外資源を失ったのですから、軍事費の重圧から解放されれば、膨張する人口の最低限度の必要を満たす見込みをどうにかもつこともできるのです」と述べた。

いまやマッカーサーは幣原の意見に完全に納得した。

それから二人は、戦争放棄条項を新しい憲法に入れる具体的な方法について話し合った。

まず、マッカーサーが受けたSWNCC228には、戦争の放棄に関しては一切の記述がなかった。また、日本政府側の改正憲法に関する「松本四原則」にも改正憲法の松本私案にも、帝国憲法のまま天皇を元首とすることは明記されているが、戦争放棄は書かれていない。

それでは、これから幣原が改正憲法の政府案に戦争放棄条項を入れるように説得するのか？「憲法問題調査委員会」では、改正憲法には軍隊を明記しないという意見も出ていたから、幣原が戦争放棄条項の挿入に関して、今後政府に戦争をさせないという平和主義の固定化に加えて、天皇を元首として新憲法に明確にするためもあるとの意図を説明すれば、日本の閣僚も議会も支持するだろう。しかし、その意図が他国に知られたら必ず反発を受ける。

それよりなにより時間がない。強硬に天皇制を否定するソ連が日本の新憲法の内容に対して拒否権を持つ極東委員会の活動開始がわずか1か月後の2月26日に迫っているのだ。

そこで二人は、できる限り早く日本の戦争放棄を世界に声明し、日本国民はもう戦争をしないという決心を示して外国の信用を得たうえで天皇を元首として憲法に明記すれば、列強もとやかくいえず天皇制を維持できるだろう、ということで意見が一致した。そのために、天皇を元首とする改正憲法案に対して戦争放棄条項を盛り込むことは、マッカーサーから日本政府に対して命令として出してもらう、という結論になった。

これまで幣原は外交官として諸外国とさまざまな外交交渉を行ってきたが、この時のマッカーサーとの秘密の交渉こそ最大の外交交渉というべきものだった。

マッカーサーの執務室を退出する際、二人はあらためて固い握手を交わした。

幣原は、渾身から沸々と感動が沸き上がり、年甲斐もなく涙で顔をくしゃくしゃにした。（これで新憲法でも天皇制は守られる。そして、原子爆弾ができた以上、日本も世界も戦争を放棄しなければならない。そして、我が国政府はもう戦争はできない、してはいけないのだ）と確信した幣原は、マッカーサーに次のように語った。

「世界は我々を実行不可能な空想家としてあざけり笑うでしょう。しかし、いまから百年後、我々は予言者と呼ばれるでしょう」

マッカーサーも笑顔を浮かべて力強く頷いた。

十三 「調査委員会試案」のスクープと「マッカーサーの三原則」

幣原がマッカーサーの執務室を出たのは午後2時半過ぎだった。2時間半にわたって話し合ったのだ。

幣原が帰った知らせを受けたホイットニーがマッカーサーの執務室に入ると、彼の表情は、幣原が来る前の陰鬱な表情から晴れやかなものに変わっていて、幣原との会談で何か重要なことが話し合われたことがすぐにわかった。

「最高司令官、何が起きたのですか?」

ホイットニーが尋ねると、マッカーサーは幣原との対談の一部始終を話してくれた。

「だから、日本の新憲法の最終案には、戦争放棄条項を書き加えるように我々が命令するのだ」

「イエス・サー!」

ホイットニーはそう答えて執務室を出た。当時のホイットニーは民生局局長に就任しており、

GHQにおける憲法改正の責任者の立場にあった。

その後、ホイットニーが幣原の秘書官の岸に会った際、彼は岸に「幣原の戦争放棄の考えは以前から持っていたのか?」と尋ねると、岸は、「元帥にお会いする前からそのような考えをお持ちでした」と話してくれた。そこでホイットニーは、マッカーサーと幣原の会見記録をメモした。それが後年、彼の著作"*MACARTHUR: HIS RENDEZVOUS WITH HISTORY*"に綴《つづ》られ、その部分が丸々マッカーサーの自伝に収録されることになったのである。

幣原との会談を終えた翌日(1月25日)、マッカーサーはさっそく行動を起こした。彼が保留していた、米国統合参謀本部からの、天皇の戦争責任に関する資料収集の指示に対する回答を送ったのである。その主な内容は次の通りだが、そこには、前日の幣原との会見の内容が多く盛り込まれていた。


あなた方・米国統合参謀本部からの指示を受けて以来、現在まで私は、天皇の戦争犯罪に関して可能な限りの調査を行ってきました。その結果、直近の十年間、天皇の名によって為された政策決定について、天皇自らがその政策の決定に関与したことを示す明白で具体的な証拠は発見されませんでした。軍閥に代表され、彼等に操られた世論に抵抗しようと天皇が前向きな努力をしようとすれば、彼は実際に身を危険にさらしただろう、と信じる人びともいました。

彼が裁判にかけられることになれば、占領政策に対して甚大な変化が起きるでしょう。そのため、具体的にその行動を取る前に準備が成し遂げられるべきです。

万一にも天皇を起訴すれば、日本人の間で途方もない動揺を引き起こすのは疑いありません。その影響は我々の見込みをはるかに超えるでしょう。彼はすべての日本人を統合するシンボルです。彼を滅ぼせば国は崩壊します。


同日午後、幣原は参内し、前日のマッカーサーとの会談の内容について、秘密交渉の部分は省いて、天皇制維持に対するマッカーサーの強い支持について陛下に申し上げた。

翌26日、「憲法問題調査委員会」第15回調査会が開かれて改正案の骨格がほぼでき上がった。そこで、閣議でも改正案の討議を行うことになった。具体的には、まず3日後の29日の閣議で松本が改正案の審議を提案、翌30日金曜日から31日、2月1日、さらに4日と土日も含めて臨時閣議を含んで憲法改正に関する閣議が開かれることになった。

これらの閣議においても改正憲法案における軍の規定の存在が議論を呼んだ。

31日の閣議で松本は「独立国なら軍があることは当然のことである、現在は軍はないが、ある時期に国防軍のようなものができて、そのとき憲法を改正するのは適当でない、将来の軍は統帥権の独立というような原則の下にあってはならず、軍の行動も法律の制限を受けなければならない。そのことを憲法で明定しておこうというのが私案の趣旨です」と説明した。

これに対して幣原は、「軍の規定を憲法の中に入れると、連合国は面倒なことを言うに決まっている。この条文を置くことにより、総司令部との交渉に1、2か月もかかるのではないか。また、世界の大勢から考えて、将来は軍の規定を置くことになるかもしれないが、今日、この規定を置くのは刺激が強すぎるように思います」と意見を述べた。幣原の意見は、マッカーサーとの秘密交渉の結論として改正憲法草案に戦争放棄条項を入れるように総司令部が指示してくるから、日本側でもそれを受け入れやすいように地ならしを行う意図だった。このとき、幣原の真意を知らない岩田法相、三土内相、石黒法制局長官も軍の規定の削除を支持した。

2日後の2月1日金曜日は、帝都でも朝から雪が降って非常に寒い日だった。

その朝配達された毎日新聞を開いて多くの国民が驚いた。その一面に「憲法改正政府試案」の大見出しとともに「憲法問題調査委員会試案」全文が掲載されていたからである。記事には、「政府は憲法改正原案をマッカーサー司令部と極東委員会に提出すべくこれが決定を急ぐことに」なった、試案は「調査委員会の主流をなすもので、試案から政府案の全貌がうかがはれ、特に重大なる意義がある」と報じられていた。

スクープされた試案は、松本私案そのものではなく、同委員会委員の宮沢教授が松本の試案を要綱化し、さらに松本自身が加筆した「憲法改正要綱」（甲案）に基づくものだった。それには、軍の規定は削除されていたが、「第一条　日本国ハ君主国トス」「第二条　天皇ハ君主ニシテ此ノ憲法ノ条規ニ依リ統治権ヲ行フ」「第四条　天皇ハ其ノ行為ニ付責ニ任スルコトナシ」とあり、ほとんど帝国憲法と変わらない旧態依然たるものだった。そのため、スクープした毎日新聞は「あまりに保守的、現状維持的のものにすぎないことを失望しない者は少いと思ふ」と酷評、共産党や社会党が旗振り役を務めた国民の民主化への要求とはかけ離れたものだった。

このスクープをものにした毎日新聞社政治部記者の西山柳造は、前日の1月31日、松本委員会の事務局にいた知人からその草案のプリントを見せてもらい、極秘のうちに有楽町の同社東京本社にプリントを持ち込んで綴りをほぐし、デスク以下で手分けして書き写したうえで綴じ直して事務局に戻した。だから、書き写した際の誤記により、甲案と完全に一致しなかった。

その日の臨時閣議は毎日新聞のスクープを受けて、松本が、「新聞に掲載された案は、研究の過程において作った一つの案にすぎない」と、その内容を否定することから始まった。

一方、それまで「憲法問題調査委員会」では箝口令《かんこうれい》が敷かれていて憲法改正案は外部に漏れなかったから、ＧＨＱも毎日新聞が改正案を掲載したことに驚いた。当時、ＧＨＱでは、日本の新聞に対して民間諜報局（ＣＩＳ）・民間検閲支隊（ＣＣＤ）が事前検閲を行っていたが、この記事はGHQとは無関係の内容だったこともあり、その重大性がわからなかった。

ところが、GHQで日本の民主化を主管していた民生局は違っていた。

その日の朝、同局のハウギ中尉は、日課としている日比谷の同盟通信社に、新聞、通信の記事をもらいに立ち寄った。そのとき、毎日新聞に憲法改正試案が載っているのを見て「これは大変だ！」と言って、大急ぎで第一生命館に戻り、マッカーサーの執務室に入った。マッカーサーはまだ出勤前だったので、すぐに目に入るようにメモを付けて新聞を執務机に置いた。

同局通訳官のゴードン中尉も毎日新聞掲載の憲法改正試案に驚き、慌てて行政部長のケーディス大佐に知らせに行った。

ケーディスはゴードンに大急ぎでそれを英訳するように指示したうえで、日本政府に電話で問い合わせた。政府窓口のしどろもどろの返答に彼は「新聞に出たのが松本案でないなら、正式なものを見たいから持ってきてほしい」と強く言って電話を切った。

数時間後、ゴードンが英訳してタイプしたものがケーディスに届けられた。

内容は、日本を君主国とした帝国憲法と比べてほとんど変わらないもので、SWNCC228から掛け離れたものだった。

ケーディスは英訳の改正案を机のうえに放り投げて、「これじゃ駄目だ」と首を大きく振った。

同日、日本政府から非公式を前提に松本私案が日本語のまま届けられたうえ、吉田外務大臣の名で、2月5日に憲法改正案に関する非公式の会談をホイットニーに求めに来た。

政府から届けられた松本私案についてケーディスがゴードンに見てもらうと、毎日新聞の草案と少し違いがあったものの、それほど大差がないことがわかった。特に松本私案は、明治憲法の「天皇は神聖にして侵すべからず」の「神聖」を「至尊」に言い換え、「天皇は陸海軍を統帥す」の「陸海軍」を「軍」に言い換えただけで、帝国憲法の焼き直しのように思われた。

ラウエル中佐、ハッシー中佐、ヘイズ中佐も議論に参加して、ホイットニーにこれを見せよう、という話になった。彼らは皆ロー・スクールなどで学んだ法律の専門家だった。

それを見せられたホイットニーは、「翻訳文のまわりのスペースにコメントを書いてくれ、それを最高司令官に渡すから」と指示した。彼は、重要度から清書する暇などない、夜の間に最高司令官に報告したいと考え、マッカーサーに次のような内容の覚書をタイプした。

・憲法改正問題はクライマックスに近づきつつあります。総選挙では憲法改正問題が重要な争点になることはおおいにあり得ることです。

・私の意見では、この問題についての極東委員会の政策決定がない限り、閣下は、憲法改正について、日本の占領と管理に関する他の重要事項の場合と同様の権限をお持ちです。

その夜、ホイットニーは、その覚書とともに民生局のメンバーがコメントやアンダーラインを書き込んだ英訳の松本私案をマッカーサーに提出した。

その深夜、コメント付きの松本私案を読んだマッカーサーは、民生局に次のとおり命じた。

「松本私案を拒否する詳細な回答書を至急作成し、吉田が求めてきた2月5日の非公式会談の席上で日本政府に手交せよ」

翌日の2日土曜日。ホイットニーはさらにマッカーサーに次の上申書を提出した。

私は、日本政府から憲法改正案が正式に提出される前に彼らに指針を与える方が、我々の受け入れ難い案を彼らが決定してしまってそれを提出するまで待った後、我々が新規まき直しに再出発するよう強制するよりも戦術として優れていると思います。

マッカーサーはホイットニーの提案を承認した。

ちょうどその日、外務省の係官が、3日後の5日火曜日に行いたいと吉田が申し入れた非公式会談を5日後の7日木曜日に延期してほしいと言いに来た。ホイットニーはマッカーサーと協議して、さらに一週間延ばすので正式案を提出するように、と日本政府に回答した。ホイットニーは、2月12日がエイブラハム・リンカーンの誕生日だと知っていたので、その日までに民主主義に基づく改正憲法の指針をつくり、日本側に提示しようと考えたのだ。

それからマッカーサーはホイットニーに対して、GHQとしての憲法草案に盛り込むべきポイントを3点述べた。ホイットニーは、法律家としての見地から彼と協議して各ポイントをさらに肉付けし、ロー・スクール時代から愛用しているリーガル・パッド、すなわち黄色の紙に赤色の罫線が入った、上綴じのメモ帳にその一つひとつを書き記した。

それが次の内容だった。日本では後に「マッカーサーの三原則」と呼ばれたものだ。

Ⅰ

天皇は国家の元首の地位にある。天皇の地位は世襲である
天皇の職務と権限は憲法に基づいて、かつ、国民の基本的な意思に基づいて行使される

Ⅱ

国家の主権的権利としての戦争は放棄される
日本は、国際紛争を解決する手段として、さらに国家の安全を確保するための自衛の手段としてさえも、戦争を放棄する
日本の安全は、現在の世界に勃興している、国家の防衛とその保護のためのより高い理想に依拠す

る日本の陸軍、海軍、空軍は決して認可されない、交戦権は軍には決して与えられない

Ⅲ

日本の封建制度は廃止する
皇族以外の華族の権利は、現在現存の人びとを除いて世襲されない
華族の特権には、今後、国または地方におけるいかなる権力も包含しない
英国型の予算制度の採用

最初の二つすなわち天皇を元首とすることと戦争の放棄は、ホイットニーとすれば、1月24日のマッカーサーと幣原との会談の直後にマッカーサーから聞いていた話だった。三つ目の封建制度の廃止は民主国として日本が再出発するための大前提だった。

最後にマッカーサーは、ホイットニーに「憲法草案の内容は民生局に完全な自由裁量権を与えたうえで、この三つの重要項目は、それに含めるように私が希望するものだ」と念を押した。

十四　GHQ憲法草案の成立

翌日の2月3日は日曜日だったが、ホイットニーは、民生局のメンバーに改正憲法草案を作らせる下準備をするために出勤した。たまたま当直将校として勤務していたのがハッシーだったので、彼に指示してケーディスとラウエルを電話で呼び出させた。

ケーディスは毎日新聞のスクープが出た一昨日からのGHQ内での慌ただしい動きから、呼び出しがあるかもしれない、と考えて宿舎の第一ホテルで控えていたので、すぐにそれに応じ、一昨日降った雪が残るぬかるみの道を第一生命館に急いだ。先に連絡を受けたラウエルはすでにホテルから出ていた。

休日なので玄関には衛兵だけが立っていて、彼らから敬礼を受けたケーディスは、ビルに入り、エレベーターで6階まで上がった。そして彼は、マッカーサー執務室とは反対の北側、元ボールルーム（舞踏室）にあてがわれていた民生局の、真ん中の自分の机からメモを取り、廊下を挟んでその西向かいにあった民生局長室にノックして入った。部屋では、執務机にホイットニーが、その前の応接ソファにハッシーとラウエルが座ってケーディスを待っていた。

ケーディスが座ると、ホイットニーに敬礼すると、ソファに座るように促された。

ケーディスが座ると、ホイットニーが次のように述べた。

「諸君、最高司令官は我々民生局に、日本国憲法の草案を書くように命令を下された。諸君も知っているとおり、新聞のスクープによって明らかになった日本政府の憲法改正案はきわめて保守的な性格のものであり、天皇の地位に対して実質的変更を加えていない。天皇は統治権をすべて保持している。この理由から、改正案は新聞の論調でも世論でも評判が悪い。松本国務大臣は昨日、新聞記者に対して、天皇の地位は実質的にはこれまでのままであり、ただ文言に若干の変更があるにとどまる、と述べている。こういういきさつの末に、外務省の係官が火曜日（5日）に予定されていた松本案討議のための吉田外相との非公式会談を木曜日（7日）に延期してほしいと申し入れてきた。我々はこれに対してさまざまな可能性を考えて、会談を翌週に延期した。

私の意見としては、憲法改正案が正式に提出される前に彼らに指針を与える方がよいように思う。我々が受け入れられないような案を彼らが決定し提出してからやりなおしを強制するよりも、その方が戦術として優れていると最高司令官に具申《ぐしん》した。その結果、命令が下ったのである。もちろん極秘に、だ」

それからホイットニーは、前日マッカーサーとの打ち合わせに使用したリーガル・パッドを取り出し、「憲法草案の内容については我々民生局に完全な自由裁量権があるが、なお、最高司令官は3つの重要な点を入れるように望んでおられる。それが書かれているのがこのメモだ。最高司令官は民生局の能力をきわめて高く評価している。絶対にその期待に応えなければならない」と述べて彼らをじっと見た。

そしてホイットニーは、メモに書かれた内容一つひとつについて三人に詳しく説明した。

彼がひととおり説明し終わると

「……将軍、草案の締め切りはいつでしょうか？」

ケーディスが質問した。

「諸君が私に提示するのは今週中だ、私と最高司令官が目を通す時間が必要だ」

三人は皆驚いて互いを見回した。しかし、軍隊組織故に「無理です」と言うことはできない。

「イエス・サー！」

時間がない。三人は急ぎ第一ホテルに戻り、進駐軍の食堂となっていたレストランでサンドイッチの大皿とコーヒー・ポットとコーラの瓶を数ダース仕入れ、ケーディスの部屋に籠った。

他の将校がドアをノックして「ポーカーをやらないか」と声をかけたが、作業は極秘だったから、生返事でやり過ごした。

「憲法起草のためにどんなチームをつくるか？　時間が限られているから民生局内の行政部全員を総動員させる必要がある」

「小委員会で各ジャンルそれぞれの検討を行い、そこから上がってきた草案を我々が全体を俯瞰しながら調整する案はどうでしょう」

「それが良い。しかし、小委員会はどのように分けるか？」

ケーディスは、ラウエルとハッシーに質問を投げかけながら話をまとめていった。

その結果、ケーディス、ラウエル、ハッシーの三人とエラマン女史によって全体を統括する運営委員会をつくり、その下に立法権、行政権、人権、司法権、地方行政、財政、天皇・条約・授権規範それぞれに関する小委員会7つをつくることに決めた。

次は、それぞれの小委員の人選だった。

民生局行政部には憲法の専門家こそいなかったが、多くのメンバーが軍務に就く前に弁護士や政府・州の役人、大学の教員、ジャーナリストなどで活躍していた有能な人物だった。

三人は議論しながら彼らを適材適所に割り振った。

「戦争放棄に関する条項はどの委員会が担当するのでしょうか？」

二人からほぼ同時に出た質問に対して、ケーディスは
「イッツ・ミー（私だよ）」

と自分を指さして、当然のように言った。

「憲法草案の内容について我々が自由裁量権を持つ。だから、私以外の誰かに委ねたら、議論が百出《ひゃくしゅつ》して、その結果、元帥の要望から離れてしまうだろう」

他の二人は頷き、なお人選を進めた。そうしてその作業が終わったのはその日の深夜だった。


明けて2月4日（月）。その日は暦のうえでは立春だが、冷え込んだ週のはじめの日だった。

ケーディス、ラウエル、ハッシーの三人は、朝早くから第一生命館6階の民生局の大部屋に出勤して、机を合わせた会議机で話し合っていた。

それから始業時間の8時までに民生局のメンバーが三々五々出勤のために大部屋に入ってきたが、それぞれ、「お偉いさん」の三人がすでに出勤していることに驚いて、挨拶も早々に自分の机に着いた。いつものように8時5分前に民生局最年少のベアテ嬢が「グッド・モーニング」を連発して部屋に入ってきたが、いやに返事が少ない。いつも遅刻気味のケーディスが慌ただしく立ち働いていたのを見て、奇異に感じながら部屋の真ん中辺りの自分の席に着き、公職追放の書類の整理をはじめた。

午前10時、民生局の朝鮮半島担当部門を除くメンバー約20人全員に、「ホイットニー局長の指示で隣の会議室に集まるように」との命令が出た。それで対象者がぞろぞろ部屋を出た。会議室といってもあまり広くなく、半数くらいが立ったまま局長を待った。ベアテも部屋の隅に立った。

ホイットニーはすぐに来て、ベアテのすぐ目の前に立った。彼の赤ら顔の丸い額から汗がにじんでいることに彼女は気づいた。

ホイットニーは皆を見回し、口を開いた。

「レディース&ジェントルメン、諸君は、いわば憲法制定会議のために集められた。最高司令官は、日本国民のために新しい憲法の草案を起草するという歴史的な仕事をするよう我々に命じられたのである」

会議室にどよめきが起こった。

それからホイットニーは、メモを取り出して読みはじめた。例の「マッカーサーの三原則」だった。その説明をした後、彼は次のように述べた。

「憲法草案は2月12日までに完了して最高司令官の承認を受けなければならない。その日は、新憲法に関する日本の外務大臣たちとの非公式の会談が予定されているからだ。日本政府がつくる憲法草案のバージョンはたいへん右翼的に偏っているものと思われる。しかし、もし彼らが天皇を守り、自分たちの政治的権力を維持したいのなら、憲法に対して進歩的なアプローチによるもの、それこそ、これからの我々の努力の成果だが、それを選択するしかない。私は彼らを説得できると確信しているが、万一それが不可能な場合は、力を用いると言って脅すことも、実際に力を用いることも最高司令官から権限として得ている。

我々の目的は、日本政府の憲法改正に関する考え方を変えることだ。彼らは我々の起草するような自由主義的な憲法を受け入れることに合意しなければならない。端的に言えば、彼らは我々の目的に協力しなければならない。憲法草案の完全なテキストは日本政府が承認したものとして最高司令官に提示されるだろう。そして最高司令官は、日本政府が行った成果としてこの憲法を是認することを世界に向けて発表するだろう。この作業のために我々の通常の業務は一時停止する」

最後にホイットニーは次の言葉で話を締めくくった。

「覚えておいてほしい。今週諸君が行うこの作業はトップシークレットである」

ホイットニーは、「後は頼む」とケーディスに目配せをして退出した。

それからはケーディスの出番だった。

彼は昨日深夜にまとめた組織表と担当者のリストのメモを読み上げておのおのを任命し、仕事の進め方を指示した。

「我々は、日本政府に対して憲法草案の指針をつくるのが目的なので、草案の起草に当たっては、構成・見出し・その他、現行のエンパイア（帝国）憲法の例に従うものとする。内容に関しては、我々が完全な自由裁量権を持つが、最高司令官が希望された三つの要望事項とSWNCC228と国連憲章を起草の指針として位置づけてほしい。

本件は機密厳守のために家族はもちろん他の同僚にも口外無用とする。本件の資料を机の上に置いたまま部屋を出てはならない、必ずロッカーにしまい込め。トイレに行く際も民生局の一番端のドア一か所を使うように」

このようにケーディスは細かく指示した後、次のように投げかけた。

「エニー・クエッション？」

全員が首を横に振った。

「すぐに取り掛かれ！」

「イエス・サー」

おのおのが口をつぐんで会議室を出て行った。

民生局の大部屋に戻った彼らは、ケーディスから指示のあった小委員会ごとにあちらこちらに集まり、さっそく打ち合わせを開始した。

人権に関する小委員会のメンバーになったベアテは、メンバーから女性の権利と教育の自由について素案を作ることを認められて喜び、資料を集めるための外出の許可を得た。

彼女はジープを駆って2時間ほど日比谷図書館や都内の大学を巡って、原書を含めた各国の憲法や関連の専門書十数冊を借り集めて大部屋に戻ってきた。

すると、たちまち彼女の周りに各委員会のメンバーが、砂糖にたかる蟻のように集まり、

「君、いい本を持っているな、ちょっと見せて！」

「この本しばらく貸してくれない？」

と、せがみだして彼女は人気者になった。

その午後、ほとんどのメンバーは資料読みに時間を費やした。

民生局の大部屋には、行政部のメンバー以外に朝鮮半島担当部門のメンバーもいて、彼らは無線電話で怒鳴るように相手とやりとりをしていたが、その大声も聞こえなくなるほど彼らは資料読みに没頭した。

2月4日以降12日までの9日間、GHQ民生局行政部は、日本政府に対して秘密裏に改正憲法の指針を与える「憲法草案起草委員会」に変貌した。

運営委員会を率いるケーディスは、7つの小委員会が同じ理念や文章のスタイルで草案を検

討できるように随時会議を開き、メンバーはそこで活発な議論を行った。

彼らの多くは、世界恐慌からアメリカを救うためにさまざまな経済・社会改革を行ったフランクリン・D・ローズヴェルト大統領のニューディール政策に影響を受けた、いわゆる「ニューディーラー」たちで、私心や打算を捨てて、日本の将来のために憲法はどんな内容にすべきかを考え、熱心に草案づくりに取り組んだ。第一生命館6階は閉ざされた空間だったが、その中は、そのための自由で真剣な空気が横溢《おういつ》していた。

そして、彼らは、各国の憲法関係の資料だけでなく、3か月前の前年11月頃から発表されていた日本の政党や民間の憲法研究者グループの憲法案も草案づくりの資料として検討に用いた。ラウエルはすでに先月上旬の時点で、その前月（前年12月）に民間の憲法研究会が発表した「国民主権」を謳う憲法草案を詳細に検討していて、「この憲法草案中に含まれている諸条項は、民主的で受け容れうるものである」と評価しており、それをおおいに参考にした。

各小委員会が草案をまとめると、運営委員会は小委員会のメンバーたちと真剣な議論を重ねて、小委員会の案はそのたびにさまざまに修正が加えられた。

日本政府は「憲法問題調査委員会」を設置したものの、結局は松本が別荘の密室で単独で改正憲法案を起草したが、GHQ民生局は、ケーディスの作った草案検討システムが、あたかも粗鉄を鍛えて鋼にするように徹底的に粗い草案をしっかりした草案に鍛え上げた。

その結果出来上がった憲法草案は、形式は帝国憲法の「改正」案だったが、内容は、天皇大権を謳う帝国憲法を国民主権に180度転換させた、まったく新しい憲法だった。

それでは、マッカーサーの「三原則（三希望事項）」が民生局の草案にどう盛り込まれたのかと言うと、前者の「Ⅰ」では「天皇は国家の元首の地位にある」とあったが、民生局の草案では、国民主権を明確にするために天皇は「象徴」に変わっていた。同様に、前者の「Ⅱ」の戦争放棄条項は、「国家の安全を確保するための自衛の手段としてさえも、戦争を放棄する」とあったが、ケーディスは、「この部分は現実的ではない、私は、どの国家にも、自己保存の権利があるとの考える」という考えで削除されたうえで、国連憲章にあった「武力の行使または武力による威嚇」をも「永久に放棄する」ように憲法草案に書き加えた。同様に「Ⅱ」の「日本の安全は、現在の世界に勃興している、国家の防衛とその保護のためのより高い理想に依拠する」については、ケーディスは、憲法前文担当のハッシーに指示して文章のエッセンスを前文に取り入れるように指示した。そこでハッシーは考えた末に国民目線の格調高い文章に直した。その後に成立した日本国憲法前文の「日本国民は、恒久の平和を念願し、人間相互の関係を支配する崇高な理想を深く自覚するのであって、平和を愛する諸国民の公正と信義に信頼して、われらの安全と生存を保持しようと決意した」という箇所である。

そうして、民生局による憲法草案において、マッカーサーの「希望要綱Ⅱ」の「戦争放棄条項は次のようになった。

第二章　戦争の放棄

第八条　国家の主権的権利としての戦争は放棄される。武力の脅威または武力の行使は、国際紛争を解決する手段としては永遠に放棄される。

陸海空軍その他の戦力は決して認可されない。交戦権は国家に与えられない。

そして、そのほかの条項も彼らの活発な議論によって詳細に検討されたうえで、その憲法草案は、2月10日(日)の夜、ホイットニーからマッカーサーに提出された。なお、民生局草案では、第一章が七条までだったので第二章の戦争放棄条項は第八条だった。その後、松本が日本語に翻訳する中で第三条が第三条と第四条に分けられたために、それは第九条になったのである。

マッカーサーは草案を熟読したうえで、ただ一か所、人権条項に関して「その改正を禁じる」という文言だけを削除したうえで、戦争放棄条項も含めて民生局の草案を全部承認した。

憲法草案の人権条項について本書では詳しく述べなかったが、草案の人権条項は民生局のメンバーも白熱した議論を行い、その結果、世界に誇る内容になっていた。さらに、「改正を禁じる」という条文がなければ、将来改正されて帝国憲法の時代のように人権が「法律の範囲内」という制限を受ける可能性もあった。「しかし、だからといって『改正を禁じる』と定めるのは、未来に生きる人たちの権利を奪うことになる、そんな資格は我々にはない」、マッカーサーはそう考えたのだ。

憲法草案をまとめ上げたケーディスは、ホイットニーを通して草案をマッカーサーに提出した後、同じ理由からその条文が気になって最終版では削除しようと考えていた。

階級の差から彼は直接マッカーサーと口を利いたことがなかった。マッカーサーの添削結果もホイットニー経由で戻された。ケーディスがさっそくそれを確認すると、はたしてその箇所に元帥の手書きの消し込みを見つけて「あっ！」と驚いた。

「元帥も真剣に日本国民のための憲法をつくろうとしている……」

ケーディスは、目頭《めがしら》が熱くなってマッカーサーの執務室のある方向の壁を見つめた。

その後も運営委員会はホイットニーが参加し、念には念を入れて草案の細部の検討を行った。そして、2月12日、リンカーンの誕生日の夜、最終的な草案が出来上がった。その日は日本側と会談して草案を渡す予定だったが、草案の最終的な完成が夜までかかったために、会談は翌日に延期された。

憲法草案はタイプライターでダブルスペース20枚のステンシル・ペーパー（謄写版原紙）に打たれ、謄写版で30部印刷されておのおの番号が打たれた。それが正本だった。ホイットニーはその正本の第1号と第2号をマッカーサーに献じた。

話は少し遡る。

2月7日（木）午前。松本国務大臣は御文庫において陛下に「憲法改正要綱」（甲案）および「改正案」（乙案）について2時間にわたり御説明した。「憲法改正要綱」（甲案）は前述のもので、小範囲の改正を内容としたものだった。一方、「改正案」（乙案）は、「憲法問題調査委員会」総会における各種意見を取り入れ、委員の宮沢東京帝大教授と内閣法制局の入江次長、佐藤部長によってまとめられた、より広く改正が加えられた案だった。

締めくくりとして松本は陛下に「すでに閣議で確認と報告を行っておりますが、憲法改正に関する総司令部との非公式の会談は5日後の12日に予定されております。そこで明日には甲案を先方に提出させていただく必要がございまする」と申し上げた。

これに対して陛下は、「甲案はあまりに帝国憲法と変わり映えがしない印象が残る。元帥もお待ちだろうから提出はかまわぬが、わたしもよく読んで後日気になるところを述べよう」とお話しになった。

松本は畏まって退席し、翌日の8日、GHQに「憲法改正要綱」（甲案）を提出した。なお、陛下は9日に再度松本をお呼び出しになり、甲案についていくつかご質問された。

ところが、12日になって、GHQ側から非公式会談を1日遅らせて翌13日の午前10時に行う、その代わりに外務大臣公邸にGHQ側が出向く、との連絡が入った。

会談を1日遅らせた理由は、GHQ側での憲法草案のまとめに時間がかかったからであり、場所を第一生命館の総司令部ではなくて日本の外務大臣公邸にしたのは、GHQ草案はあくまで日本政府に秘密裏に提案するから、その秘密を守るためだった。

その事情を知らない日本政府は、会談が遅れたのは「憲法改正要綱」（甲案）の提出が8日と遅くなったから総司令部側での検討も遅れたのだろうと考え、それにもかかわらず、彼らがわざわざ外相公邸に出向いてくれるとは礼儀をわきまえていると早合点して喜んだ。

翌13日朝。政府側は、松本と吉田、吉田の側近で終戦連絡事務局次長の白洲次郎、それに通訳の外務省嘱託・長谷川元吉が麻布の外務大臣公邸に集まった。

彼らはさっそく会談の場所にした奥座敷に入った。

そこは一間廊下とガラス張りの掃出し窓越しに日本庭園を望む陽当たりのよい和室で、GHQから「サンポーチ」と呼ばれた部屋だった。海外の要人を迎えるために畳の上に絨毯が敷かれ、その上には大テーブルを挟んで椅子が4脚ずつ据えられていた。

吉田や松本は、この日の会談が、先日提出した甲案に関してGHQと意見を交わすものになるとの認識で、さっそく甲案とメモ用紙を取り出して机の上に置き、どのあたりが議論の中心になるだろうかと相談をはじめた。

すると、約束の午前10時きっかりに米軍の2台のジープが外務大臣公邸に着いた。

1台目はケーディスの運転で助手席ではホイットニーが椅子に沈み込むように座り、2台目はラウエルの運転でハッシーが同乗していた。

2台のジープが停車するとケーディスがホイットニーを抱き抱えるようにして車を降りた。

ホイットニーは前日に風邪を引いて熱が引かず、朝も起きられなかったが、宿舎の帝国ホテルに迎えに来たケーディスにどうにか服を着せてもらってやって来たのだった。

迎えに出た白洲が彼らを「サンポーチ」に案内した。

GHQ側の四人が入室すると吉田以下日本側のメンバーは慌てて立ち上がって彼らを迎えて握手を交わし、上座にあたる庭を背にした椅子側に誘った。彼らは、GHQは遅れて来るだろうと思っていたので机の上にはメモやノートを広げたままだった。

皆席に立つと、日本側のメンバーが深々と頭を下げた。GHQ側もそれに応じて会釈した。

それからすぐにホイットニーが口を開き、通訳を介して一語一語ゆっくりと話しはじめた。

「先日あなた方の提出された憲法改正案は、自由と民主主義の文書として最高司令官が受け容れることのまったく不可能なものです」

日本側のメンバーはその言葉に驚いた。意見を交わすどころではなく、いきなり「憲法改正要綱」（甲案）が否定されたからだ。

ホイットニーは日本側の驚愕《きょうがく》の表情に構わず続けて、

「しかしながら、日本国民が、過去にみられたような不正と専断的支配から彼らを守ってくれる自由で開明的な憲法を非常に強く必要としているということを充分に了解している最高司令官は、ここに持参した文書を、日本の情勢が要求している諸原理を具現しているものとして承認し、あなた方に手交するように命じました。この文書の内容については、あとでさらに説明しますが、それをあなた方が十分理解できるよう、私も私の属僚も、ここで退席し、あなた方が自由にこの文書を検討し討議できるようにしたいと思います」

その言葉に日本側はさらに仰天した。吉田の表情は、驚愕から憂慮に変わった。松本はひたすらぼう然としている。

ついでホイットニーは、ケーディスに向かって憲法草案を日本側に渡すように命じた。

ケーディスは立ち上がって、鞄の中から憲法草案の謄写版を吉田と松本と長谷川の前に一部ずつ置き、最後に白洲に12部まとめて渡して、合計15部について日本政府が受領した旨があらかじめタイプされた紙に白洲がサインするよう求めた。

白洲は言われるまま、メモを取るために持参した鉛筆で署名してケーディスに渡した。

そして、ホイットニーらは白洲の案内で部屋を出て晴れた庭に出た。その間わずか10分。

部屋に残った吉田と松本は、GHQ側の憲法草案を手に取り、すぐに批判をしはじめた。「まず前文として妙なことが書いてあるじゃないか。憲法のような法律に文学書みたいなことが書いてある」「天皇は象徴、シンボルであるという言葉は畏れ多い」「国会は一院制で衆議院しかない。それよりも国民の権利が細かく規定されている」

吉田と松本はページをめくっては、いちいち批判を言い合った。戦争放棄の条項に関しては、ポツダム宣言にも「日本の武装解除」が明記されていたから、それはそうなのだろうと考えた。それはともかくとして、「これではとてもだめだ」「こんなものを即答することはできないから持って帰るほかない」という話になった。

10時40分、白洲が呼ばれて庭から去り、数分後にまた戻ってきて「両大臣は用意ができました」と言って、ホイットニーらを再び「サンポーチ」に案内した。

席に戻ったホイットニーらに対して、まず松本が通訳を介して「草案を読んでその内容はわかりましたが、自分の案とは非常に違うものなので、総理大臣にこの案を示してからでなければ何も発言できません」と述べた。

松本の表情は暗く厳しいものだった。視線をホイットニーに合わせることはなかった。

そこでホイットニーも通訳を介して次のように述べた。

「さて、みなさんにこの文書の内容をよく見ていただいたわけですが、これまでどおり我々はすべて手の内を見せ合って行きたいと思いますので、最高司令官がこの文書をあなた方に提示しようと考えるにいたった真意と理由について若干説明を加えたいと思います。

最高司令官は、最近各党が公にした政綱が憲法改正を主たる目的としていることを知り、また国民の間に憲法改正が必要だという認識がしだいに高まっていることを知りました。国民が憲法改正を獲得できるようにすることが、最高司令官の意とするところです。

あなた方が御存知かどうかわかりませんが、最高司令官は、天皇を戦犯として取り調べるべきだという他国からの圧力、この圧力はしだいに強くなりつつありますが、このような圧力から天皇を守ろうという決意を固く保持しています。これまで最高司令官は、天皇を護ってまいりました。それは彼が、そうすることが正義に合致すると考えていたからであり、今後も力の及ぶ限りそうするでありましょう。しかしみなさん、最高司令官といえども、万能ではありません。けれども最高司令官は、この新しい憲法の諸規定が受け容れられるならば、実際問題として、天皇は安泰になると考えています。さらに最高司令官は、これを受け入れることによって、日本が連合国の管理から自由になる日がずっと早くなるだろうと考え、また日本国民のために連合国が要求している基本的自由が国民に与えられると考えております。

最高司令官は、私に、この憲法をあなた方の政府と党に示し、その採用について考慮を求め、また、お望みなら、あなた方がこの案を最高司令官の完全な支持を受けた案として国民に示されてもよい旨を伝えるように指示されました。もっとも、最高司令官は、このことをあなた方に要求されているのではありません。しかし最高司令官は、この案に示された諸原則を国民に示すべきであると確信しております。最高司令官は、できればあなた方がそうすることを望んでいますが、もしあなた方がそうされなければ、自分でそれを行うつもりでいらっしゃいます。

みなさん、最高司令官はこの文書によって、敗戦国である日本に世界の他の国々に対して恒久的平和への道を進むための精神的リーダーシップをとる機会を提供しているのです。最高司令官は、これが、数多くの人によって反動的と考えられているあなた方保守派が権力に留まる最後の機会であると考えています。そしてそれは、あなた方が左に急旋回をしてこの案を受諾することによってのみ、なされうると考えています。そしてもしあなた方がこの憲法草案を受け入れるならば、最高司令官があなた方の立場を支持することを期待されてよいと考えております。この憲法草案が受け容れられることが、あなた方が権力の座に生き残る期待をかけうるただ一つの道であるということ、さらに最高司令官が、日本国民はこの憲法を選ぶかこの憲法の諸原則を包含していない他の形の憲法を選ぶかの自由を持つべきだと確信されていることについては、いくら強調しても強調しすぎることはありません。

ホイットニーの話は事前にマッカーサーに了解を取っていたが、もし日本政府が憲法草案を受け入れなければ、「最高司令官が自分でそれを行うつもり」という部分は、マッカーサーの了解を得たものではなく、ホイットニーの「ハッタリ」だった。

しかし、ホイットニーの「ハッタリ」は効果てきめんだった。ホイットニーがそう話している間中、吉田は、強い不安とストレスを感じて両方の掌をズボンの太ももにこすりつけ、それを和らげようとしていた。彼は（ホイットニーの言うとおり、受け入れなければSCAPはそれを公開するだろうし、自分たちは政権から離れなければならないだろう）と感じたのだ。

一方松本は、政治的な思惑よりも政府で改正憲法の議論を主導してきた学者としての立場で「私は将軍の言ったことはすべて完全に理解しましたが、このことを総理大臣に知らせ、頂いた憲法草案ついて検討し討議する機会を持つまでは、将軍に回答することはできません」と述べた上で「わからないところが一点あります」と述べた。そして通訳を介して質問した。

「この憲法草案の規定では、国会は現行の二院制ではなく一院制を採用していますが、日本の立法府の歴史的発展とは無縁のものです。どういう考えでこの条文が作られたのでしょうか」

松本の質問に対して、ホイットニーは次のように答えた。

「この憲法草案では華族制度は廃止されることになっているので貴族院は必要なくなるし、米国のように各州が均等に代表者を出す上院が、人口の多い州の代表が多数派を占める下院の権力を抑制する必要があるというような事情もないからです」

松本は食い下がった。

「しかし、他の諸国も多くが議会に安定性をもたらすために二院制を採用しています。一院のみなら、ある党が多数を得たら一方の極に進み、次いで他の党が多数を得たら逆の方向に進むと言うことになります。第二院があれば、政府の政策に安定性と継続性がもたらされます」

松本の話にホイットニーは頷いて次のように述べた。

「松本博士が二院制の長所について述べたような点について、最高司令官は十分に考慮するでしょうし、この憲法草案の基本原則を害するものでない限り、博士の見解について十分議論がなされるでしょう。私は、この憲法草案がそのままの形で受け入れられなければならないと言っているのではなく、ただどんな憲法でも最高司令官の支持を受けるには、この文書に盛られている基本原則がすべて盛り込まれていなければならない、という意味を述べています」

松本は頷き、「今日の議論は行きうるところまで行ったと思います」と述べた。

吉田は「本件はすべて総理大臣に報告しなければなりません。総理大臣および閣議の意見を徴《ちょう》してから次の会談の機会を持たせていただきたい」と述べた。

ホイットニーは了解したうえで最後に
「最高司令官は、憲法問題は総選挙よりもかなり前に国民に示されるべきであり、国民は憲法問題について自由にその意見を表明する機会を充分に与えられるべきだと確信しています。繰り返しますが、元帥は、この案の提出を日本政府に委ね、最高司令官がそれを強く支持するという方法をとる用意がありますが、もしそういう手段がとられなかったときには、必要なら、自らこの案を国民政府に提示する用意があります」と「ハッタリ」を繰り返した。

帰路のジープの中でホイットニーは、日本側が我々の提示した草案を受け入れるだろうという確信を覚えた。しかし、その一方で、マッカーサーから軽率だと言われるような政治的策略を彼の名で行ったことに自責の念を覚えた。

そこで第一生命館のマッカーサーの執務室に報告に行った彼はマッカーサーに謝罪した。
「私の言動によって最高司令官が不利な立場になることを案じます。それは私の責任です。後の祭りにならないように私の言動を自由に否認していただきたい」

マッカーサーは驚いて咎めるように彼を一瞥した後、
「コート（ニー）、私は幕僚が私のために取ったどんな行動も、これまで否認したことはなかっただろう？　良いにつけ、悪いにつけ、また私が好むと好まないとにかかわらず、私は現状をそのまま受け入れて、そこから私の次の行動を決定するのだ」
そう述べた。そしてその後、この件は不問となった。

十五　幣原内閣の議論と陛下のお言葉

2月13日、ホイットニーらが帰ると、松本と吉田は直ちに官邸に戻り、総理大臣執務室に幣原を訪ねた。

二人の帰りを待っていた幣原はさっそく迎え入れたが、松本から「ホイットニーは、甲案を『アンアクセタブル（受け入れられない）』と否定して、SCAPにおいて作成した別案を渡された」と説明され、その謄写版の一部を渡されると心底驚いた。

さらに、SCAPが起草した草案を見ると、戦争放棄条項が盛り込まれているが、肝心の天皇の位置づけが元首ではなくて象徴であると書かれていることに幣原は内心非常に困惑した。

（たしかに戦争放棄は三週間前に私が元帥に提案したものだが、私はそれとセットで天皇を元首として新憲法に明記することを元帥に提案したのだ。ところが、この草案では天皇は象徴となっている。これは受け入れられない。しかも、戦争放棄条項は、我が国が起草した憲法草案に対して、元帥が最後に命令として追加してもらうはずなのに、我が国の草案を否定して最初からSCAPが憲法草案をつくるなど寝耳に水のことだ）

「総理、SCAPの代案はいかがですか？」

松本の質問に対して、当惑した顔つきの幣原は、

「考えさせてください。すぐに賛成できるはずがありません」

と述べつつ、謄写版を机に置いて目をつぶった。

松本は続けて

「SCAPは我々の改正案の真意を理解していないのではないでしょうか、我々の改正案も憲法をよりデモクラテックなものにしようとしているものであることをあらためて説明したいと思います」と幣原に提案した。

幣原は「難しいでしょうが、とにかくやってみてください」と激励した。

吉田と松本を見送った幣原は、自分たちとSCAPとの考え方の乖離《かいり》に驚き、彼ら側の情報を従来よりも詳細に即時的に得たいと考えた。そこで、楢橋を執務室に呼んで相談した。

楢橋は幣原にSCAPの要人達とパーティーを行い、そこで情報を得ることを提案した。

彼は、先日幣原を家に送った帰りに二子玉川駅近くの道を大荷物を抱えて歩く上品な二人の

婦人を見つけて、公用車で第一ホテルまで送ったことを思い出していた。二人は鍋島子爵夫人則子と鳥尾子爵夫人鶴代で、英語を嗜《たしな》むことから戦災孤児への寄付のために進駐軍の滞在するホテルのロビーで不要物資を売るバザーに行くところだった。さらに楢橋は、親交のあった元大韓帝国皇太子の李垠《りぎん》王が所有していた伊藤博文の元本邸・滄浪閣《そうろうかく》に目を付けていた。

「私が李垠王から滄浪閣を購入し、単身で日本に来ているGHQの連中と日本女性が参加して其処《そこ》でバーベキュー・パーティーをすれば、彼らも心を許して機微の情報も語るでしょう」

謀《はかりごと》を嫌う幣原は、楢橋の山師的な提案に気乗りしなかったが、GHQと対等な外交交渉ができない現状は止むを得ない、と了解する一方、「外交は相互信頼が大事だから決して無理をしないでください」とくぎを刺した。

一方、総理執務室を退出した吉田と松本は段取りを相談した。まず白洲が書簡を出し、その間にGHQに対する追加説明文を松本が作成して提出することにした。

2日後に白洲がホイットニーに送った書簡には、彼自身のアイデアで挿絵が添えられた。その挿絵には、「スタート」から山々を越えた「目標」まで一挙に結ぶ航空ルートの矢印の「ユア・ウェイ」と、くねくねと曲がった地上ルートの結ぶ地上ルートの「ゼア・ウェイ」の2ルートが描かれていた。

そして白洲は手紙に次のように書いた。

「松本氏は常に日本の非立憲性を憤慨していました。……あなた（ホイットニー）のあまりに急進的な憲法草案も松本氏の改正案も目的は一つであり、その精神も同じだと思います。日本は立憲的、民主的基盤のうえに置かれなければならない。……氏と氏の同僚は、貴方と同じ目標を目指しているのですが、その選んだ道程が挿絵のように大きく違っているのだと感じています。あなたの道はアメリカ式、すなわち単刀直入でまっすぐな航空路といえましょうが、松本氏らの道はまがりくねった遠回りをする日本式、ジープの道と言えるのです」

ホイットニーは、白洲の手紙を読んで、その巧みな挿絵と比喩に面白みを感じた一方で、「白洲は全然わかっていない」と憤慨《ふんがい》して、翌16日付で次の返信を白洲に送った。

日本の憲法改正は、日本国民だけの関心事ではなく、いまや世界の注視の的となっていることを認識しなければなりません。……つまるところ、日本政府がこの問題に思い切った解決を与えるか、最高司令官が自ら措置を取るかしない限り、外部から日本に対して憲法が押し付けられる可能性がかなりあります。その時の新しい憲法は、あなたの手紙では、13日に私がお渡しした憲法を『あまりに急進的な』という表現で形容していますが、そのような言葉でも表現ができないようなとても厳しいものになり、最高司令官が何とか保持を可能にしている日本の伝統や機構をも一掃しかねないとんでもない憲法になるでしょう。

しかし、その2日後の18日(月)にホイットニーに届けられた松本の追加説明書は次のような内容だった。

米英は民主的憲法を持つ国ですが、それでも両国の憲法には大差があります。およそ一国の法制は、その国独自の発達によってなり、他国から移入した制度は容易に根を張るものではありません。欧米のバラ樹も日本に移植すれば間もなくその香を失うのと同じです。

松本案はきわめて簡素かつ微温的であるけれども、その内容はイギリス型の立憲制度を伺っています。これは保守派の無用の反対を避けるためです。しかも実際の適用をみるときは旧憲法に比して革命的な変化というべきものです。民主制度は憲法法文の決定するものではなくて、国民の政治的教育と意欲とによるものです。ゆえに反動を避けようとならば改革はすべからく漸進主義によらねばなりません。

修正案はまったく以上の趣旨に基づくもので日本にはいまなお反動思想的底流あるゆえにかような形にしました。修正を要すべきものがあれば、具体的に御指示を希望します。

松本はレトリックを尽して述べたが、松本案自体が保守反動的草案だと認識するホイットニーには何も響かなかった。しかも彼が白洲に送った警告的な返信が無視された内容だった。

そこでホイットニーは使者に向かって次のように言い切った。

「松本案はSCAP案とは異なる。プリンシプル（Principle，根本主義）とベーシック・フォーム（Basic form，基礎的形式）に対して受け入れ可能か否かを20日午前中までに返答求む。もし受け入れ可能でなければ、米国案を発表して世論に問うことにする」

ホイットニーの取り付く島もない期限付きの返答を受けて「万事休す」と観念した松本は、幣原に頼んで閣議で報告することにした。

翌19日（火）。閣議室の巨大な円卓に全閣僚が座った午前10時15分。定例閣議の冒頭で蒼ざめた松本国務大臣が発言を求めて「きわめて重大な事件が起こりました。憲法改正案について、SCAPとの交渉の顛末《てんまつ》を詳しく報告いたしたい」と述べ、資料を回した。

続けて松本は、ホイットニーの要求によって2月初旬に「憲法改正要綱」（甲案）と説明書を提出したが、13日の非公式会談でそれが拒絶されてSCAP側が作成した別案を示された、その後に追加説明書を提出したが説得できず、SCAPからプリンシプルとベーシック・フォームを受け入れるかどうか明日午前中までに返答を求められている、と一気に述べた。

幣原総理と吉田外相以外の閣僚はまったく知らなかったから、皆驚いて顔を見合わせた。

松本は最後に「ＳＣＡＰ案については、総理も受諾が難しいとのお考えです」と述べ、幣原はその言葉に応じて首を横に振った。

ただちに、三土内相、岩田法相が、「我々は総理と同様にこれを受諾できぬ」と発言した。

芦田厚相は、「もしアメリカ案が発表されたならば、我が国の新聞はかならずやこれに追従して賛成するでしょう。その際に現内閣が責任は取れぬとして総辞職すれば、米国案を承諾する連中が出てくるに違いない、そして来るべき総選挙の結果にも大影響を与えることはすこぶる懸念すべきことです」と発言した。

松本は「その通り」と語気を強めた。

副島農相も芦田の意見を支持したうえで「先方の案は形に見る程大きな懸隔《けんかく》があるとは思われないから正面から反対する必要はありません」と語った。

安倍文相は「アメリカ案を反駁《はんばく》するには内閣の改正案について確信のあるところまで固めておく必要があります。現在の松本案は内閣案として確定したものではあるまい。内閣案を決定するには他の閣僚の意見を発表する機会を与えられたい」と主張した。

そこで幣原総理が「松本案は松本案であって内閣案ではない、しかし問題が重大だから至急マッカーサーを訪問して話しておきたい」と述べた。

芦田はそれに呼応して次のように申し入れたらいかがか、と提案した。

a　米国案は主義として日本案と大差なし

b　ベーシック・フォームの中には、たとえば、一院制など、我が憲法と矛盾する点もあり、いま少し研究を要す。これは48時間の期限付き回答を求められるべき性質のものにあらず

c　政府はこの点についても政党の意見も徴した上で回答することとしたし

すると、松本はcに対して「そんなに快速には運べないし、自分としてはアメリカ案を基礎とするような修正を再起草することは嫌だし、できない」と突っぱねた。

議論が堂々巡りになりはじめたので芦田は、

「形勢がかくなる以上、遅疑すればSCAP案が漏れるに決まっている。政府としては何らか早く手を打たねばならぬ。総理には、おっしゃったとおり、急ぎSCAPを訪問していただくほかないでしょう」と提案した。

閣僚の皆が幣原を注視すると、彼はしっかりと頷いた。

そこで、GHQ側には、草案の受諾の可否の返答を48時間延期して2月22日(金)にしてもらうことにし、この問題をどう取り扱うかはその日の午前中に予定されていた次の閣議で決する

ことにして午前の閣議が終わった。

ＧＨＱ側に政府が伝えた延期の理由は、閣議で諮るための草案の翻訳ができていないためとしたのでホイットニーは日本政府の対応の鈍さにぞっとしながら、不承不承《ふしょうぶしょう》了承した。

幣原とマッカーサーの会談は21日夕方にマッカーサーの執務室で行われた。

マッカーサーは幣原を握手で迎え入れて執務机の椅子に誘った。

マッカーサーからの「体調はいかがか」という気遣いの言葉を受けた後、幣原は率直にホイットニーから憲法草案を渡されたことについて意外に思っていると述べて理由を尋ねた。

すると、マッカーサーは、例によって演説をするように次の話をはじめた。

「私は日本のために誠心誠意図っています。天皇に拝謁して以来、どうしても天皇を安泰にしたいと念じています。バロン・シデハラが国のために誠意をもって働いておられることも了解しています。しかし、極東委員会のメンバー国のワシントンにおける討議の内容は実に不愉快なものであったとの報告を受けています。それは総理の想像に及ばないほど日本にとって不快なものだと聞いています。自分もはたしていつまでこの地位にとどまりうるか疑わしく、その後がどうなるかを考えるとき自分は不安に堪えません。ソ連とオーストラリアとは、日本の復讐戦《ふくしゅう》を疑惧して極力これを防止せんと努めています……」

「極東委員会メンバー国の議論は先月24日に伺ったよりも悪化しているのですね」

と幣原が口を挟むと
「イエス。バロンが想像できないほど不快な議論です。もはや日本政府の憲法案を待っているような余裕はありません。だから我々が改正草案の方針を起草したのです」

「わかりました。しかし、その時の私たちの間の話では、改正憲法には天皇を元首とすることと戦争を放棄することをセットで記載することではなかったのですか？　どうして天皇が元首ではなくて象徴になったのでしょう。その点について私は納得できません」

「たしかに、その2点は、先月の貴方との会談の結論として合意したものです。ですから、SCAP側で憲法草案を作る際には、バロンとの話のとおり、私は必ずこれらを入れた憲法を作るように部下に命じました」

「本当ですか。知りませんでした。しかし、それではどうして天皇が象徴になったのですか」

幣原が食い入るように尋ねた。

天皇の位置づけは、マッカーサーが部下に指示した「三原則」では元首だったが、それを受けて民生局が検討した結果、象徴に変わっていた。マッカーサーは自分なりに考えてその変更に納得していた。

だからマッカーサーは幣原に次のように説明した。

「米国案は憲法を公布するのは天皇であるとしているし、第1条は、天皇が相承けて帝位にとどまられることを規定している。したがって日本案との間に越えることができない溝ありとは信じない。むしろ米国案は天皇護持のために努めているものです。

私たちがベーシック・フォームというのは、第1条と戦争を放棄する条文の2つです。

第1条に主権在民を明記したのは、従来の憲法が祖宗相承けて帝位に即《つ》かれるということから進んで国民の信頼に依って位におられるという趣意を明らかにしたもので、そうすることが天皇の権威をより高くするものと私は確信しています」

マッカーサーの言葉は、幣原には「第1条に主権在民を明記した兼ね合いで天皇の位置づけを象徴としたのだ」と言っているように聞こえた。

(元帥の腹は決まってとうていその決意は動かし難い。それはそれで止むを得ないが、はたして陛下が納得されるだろうか……)

幣原は暗い気持ちになった。

「いま元帥がおっしゃったとおり、ベーシック・フォームの一つが草案第1条の象徴天皇と主権在民であることは理解しましたが、もう一つの戦争放棄の点についても、先日の会談の結論と少し異なるようですが」

「というと」

「先日の会談の結論では、日本は自衛戦争も含めた戦争の放棄を明言し、そのことで世界から戦争をなくすことに日本が貢献する。実際には、元帥が日本政府の改正案に対して、そのような戦争の放棄の内容を明記するように命じていただくことでした」

「我々の検討の結果、自衛戦争まで放棄することはありえないという結論になりました。だから、自衛戦争の放棄は削除したのです。日本は国策遂行のためにする戦争を放棄するということです。それでも日本は、世界でモラル・リーダーシップを握ることはできるでしょう」

幣原はこのとき語を挟んで、

「元帥はリーダーシップと言われますが、1928年の不戦条約締結国はすでに国際紛争を解決する手段としての戦争の放棄を宣言していますから、誰もフォロワーにはならないでしょう」

「フォロワーがなくても日本は失うところはない。これを支持しないのは、しない者が悪いのです。……いずれにしても、松本案のごとく改正憲法にも軍隊を明記すれば、世界は必ず日本の真意を疑ってその影響はすこぶる寒心すべきものがあります。かくしては日本の安泰を期することは不可能と思う。この際はまず諸外国の反応に留意すべきであって、米国案を認容しなければ日本は絶好のチャンスを失うと思います」

「わかりました。SCAP案については、第1条と戦争抛棄がベーシック・フォームであって、その他については充分研究の余地があるという理解でよろしいですね」

「イエス」

「私は、主義において貴案と日本案には相違はないと思います。先日の案は松本氏がまとめた試案であって、さまざまな御意見を承る考えです。松本氏からの説明を充分お聞き願いたい」

そう幣原が言うと、マッカーサーはそれを受けて

「ホイットニーは、一見して冷血な法律家に見えますが、悪気のある男ではありません」

と付言し、二人の間でうまく草案がまとまればよいとの意向を伝えた。

翌22日(金)、GHQへの回答締め切り当日の朝の閣議。冒頭で幣原総理は、昨日のマッカーサーとの会談の内容を説明した。

もちろん、幣原は、戦争放棄条項に関しては、改正憲法に元首としての天皇の明記とセットで自分が提案したことは伏せ、逆にマッカーサーの「国策遂行のためにする戦争を放棄すると声明して日本がモラル・リーダーシップを握るべきだ」と言う発言に自分が口を挟んで「だれもフォロワーにはならないでしょう」と述べたエピソードを紹介した。それだけを見れば、戦争放棄はマッカーサーが提案して、幣原はそれに反論したかのように思われる内容だった。

そのうえで、「第1条と戦争放棄以外は充分研究の余地がある」と幣原は結論付けた。

すると、松本国務大臣がかなり興奮気味で次のような意見を述べた。

「SCAP草案の趣旨は総理の説明でわかりましたが、ベーシック・フォームが果たして総理の言われるようなものであろうとも、これがホイットニーらの意見であるかどうか私は確かめたい。一方で、私見によれば、

1　米国式の草案を基に日本憲法に書き下ろすことは衆議院選挙を前にして時間的に不可能であり、まさに超人的事業だから私にはできない。

2　仮にかかる案を提案すれば、衆議院はあるいは可決すべきも、貴族院はとうてい承諾は困難。

3　外より押し付けられた憲法は順守されず、混乱とファシズムが弄するものになろう」

安倍文相は、

「彼我の案が根本主義において相違なしと言われるも……もっとも自分の気持ちは米国案が受諾できぬというのではないのですが……第1条はかなり相反するものであり、戦争放棄のごときもまた現憲法と多大の相違ありと思われます、その点はどうでしょうか」と発言した。

それに対して芦田厚相は

「戦争放棄といい、国際紛争は武力によらずして仲裁と調停により解決せらるべしという思想は、すでに不戦条約や国際連盟規約において我が政府が受諾した政策であり、けっして耳新しいものにあらず。敵側の連合国は、日本がこの条約を破ったことが今回の戦争の原因であったと言っている。また、旧来の欽定憲法といえども、満州事変以来常に蹂躙《じゅうりん》されてきた。欽定憲法なるがゆえに守られると考えることは誤りである。松本先生は、修正案をSCAP案に合わせて再修正するのが時間的に不可能だとおっしゃるが、ドイツのプロイス教授はワイマール憲法の起草を委嘱されて三週間でこれを書き上げたという。松本先生の学識と経験をもってすれば必ずしも不可能と思われぬ。ぜひ最善を尽くされることを望む」

と述べた。

引き続き、三土内相、副島農相、幣原総理が意見を開陳したが、それぞれ「両案妥協の余地あり」との見解だった。

そこで、GHQとの事前約束どおり、松本と吉田が今日の午後2時に第一生命館に行き、SCAP側にこの趣旨を伝えて詳細を詰めることに決めて閣議は事務処理に移った。

閣議を受けて、幣原はすみやかに陛下の御意見を伺うことにした。

侍従職からの連絡を受けて、同日午後2時5分、幣原は御文庫に参内した。

事は重大だったので、吉田も一緒に参内してもらうことにして、松本には白洲とともに先に

ＳＣＡＰに先に行ってもらった。ほかに楢崎も参内に加わった。

吉田と楢崎と並んで拝礼した幣原は、陛下に反対されたらどうしようか、と内心心配しながら、第１条に「天皇は日本国と日本国民統合の象徴である」と英文で記されたＳＣＡＰの謄写版を陛下の玉案に丁重に置いた。

陛下は謄写版を手に取り、静かに御覧になった。

幣原ら三人が陛下の御様子をうかがうと、

陛下は一言、「これでいいじゃないか」とおっしゃった。

さらに陛下は、「徹底した改革案を作れ。その結果、天皇がどうなっても構わぬ」と命じられた。

三人は畏れ入って頭を下げた。

陛下は頷いた後、退席された。御文庫に残された三人は互いに顔を見合わせて頷きあった。

そして幣原は、陛下の御言葉に感激し、安心してこれでいくことに腹を決めた。

一方そのころ、ＳＣＡＰに行った松本は、白洲の通訳でホイットニーやケーディスに対して「米国司令部案は了承しました。貴案の根本主義は私どもの案と相違ありません」と述べた。

彼らが松本の回答に安堵したのも束の間、松本は具体的な諸点を質問しはじめた。

松本の質問は、①ベーシック・フォームが指す具体的な条文、②前文と憲法本文の関係、③米国案では国民が憲法を確定とあるが、憲法上の規定から天皇の発議との変更ではどうか？④戦争放棄は宣言として前文に入れられないか？⑤国民の権利の条文で現行法規と重複するものは削除できないか？⑥我が国情では二院制は必要と考えるが如何か？などであった。

それらに対するSCAP側の回答は、①米国案は一体を為すので具体的な条文は指摘し得ず、②前文と条文は一体なり、③それはいけぬ、新憲法は国民の発意とすること絶対に必要、別に勅語を出されたらいかがか？④前文では不可なり本文に入れるべきなり、⑤憲法に挙げることで最高規範となり国民の権利が一層保証されるから削除は不可、⑥上院と雖《いえど》も国民の選挙によるなら、あるいは差し支えなからん、というものだった。

最後に松本は「日本文で米国案のごときものを表明することはきわめて困難にして自分の力では覚束ない」と最後の抵抗を示すと、ホイットニーとケーディスは、「松本先生の素晴らしい能力をもってすれば、必ずできますよ」「3週間くらいでできるでしょう」などと持ち上げたり、締め切りへの時間的な猶予を示したりして松本を激励した。

それで、「仕方がない」と思った松本は、「とにかく一生懸命研究してみます、26日の閣議では閣僚にも報告します」と述べて会談は終わった。

十六　日米徹夜の検討と「憲法改正草案要綱」の発表

2月22日の陛下の御命令および同日の松本のSCAPとの会談を受けて、幣原は、次の閣議でGHQ草案を基に改正憲法の草案を作る旨を決心した。そこで、閣議の反対論を抑えて松本を支援するために同日付で楢橋書記官長と石黒法制局長官を国務大臣に推挙した。

その26日の閣議。松本が22日のSCAPとの会談の顛末を報告し、幣原が陛下の御命令をお伝えした。すると、閣僚は皆前向きな発言に終始して、SCAPの希望に沿って松本に新憲法草案ならびにその説明書を起草させるという結論になり、松本もこれを受け入れた。

そこで松本は、SCAPから言われた「三週間くらい」から考えて3月11日をGHQ草案に基づく和文草案の完成予定日に決めて、内閣法制局の入江と佐藤を助手にして改正憲法のあらたな条文化の作業に入った。この検討作業の中で、GHQ草案第1章（天皇）の第3条を第3条と第4条の二つに分け、結果として戦争放棄条項が第9条になり、また、同草案第4章（国会）

の「単一の院」を「衆議院および参議院の両院」、つまり一院制を二院制に改めた。

一方、書記官長に加えて国務大臣も兼務した楢橋は、妻の文子も巻き込んでＳＣＡＰ要人とのプライベートを装ったパーティーにも取り組みはじめた。

文子は、巨漢の楢崎と釣り合いの取れた背の高い美貌の人で、フランス社交界での経験もあり、夫とともにパーティーのホストとホステス役を完ぺきにこなした。

その文子が「楢崎の家内でございます」と名乗って鍋島や鳥尾の家を訪ね、則子や鶴代たちを口説いて、ＧＨＱ高官との首相官邸でのディナーや滄浪閣でのバーベキュー・パーティーの接待役を務めてもらうようになった。

彼女達はすぐにＧＨＱ幹部連のマドンナになり、彼らの雑談相手やダンスの相手になった。鶴代は夫のいる身だったが、ケーディスとはお互い「チャック」「ツーチャン」と呼び合う仲になった。そして鶴代は、ケーディスから「ツーチャン、天皇陛下をどう思うか？　戦犯にすべきか？　退位すべきか？　ツーチャンの本当の意見を聞きたい」と質問されたり、「今日の会議である国の代表がすごく天皇制維持に反対しているが、ツーチャンは天皇制維持に賛成なのだね？」という電話をもらい、その都度、鶴代は陛下を御支援する立場で意見を述べた。

ところで、幣原は、楢崎の働きを認めながらも、多忙な彼に代わって相談相手となってくれる人物を探しはじめた。幣原が求めた条件は、信頼できる官僚肌の実直な人物で、GHQと交渉するために外国語ができ、何より公職追放の懸念がない人物だった。そのような条件をすべて満足する人物としてようやく探し当てたのが、妻雅子の縁戚にあたる木内四郎だった。

木内は、巣鴨刑務所にいるA級戦犯容疑者の岸信介と一高・東大の同級生ながら、派手な人生を歩んできた岸とはまったく異なり、実直な官僚としての経歴を積んできた。

山口県生まれの岸は、早くから政治家を志し、大学で国粋主義に傾倒して農商務省に入省。視察したドイツの「国家統制化」の影響を受けて産業合理化を推進し、軍部と結びついて傀儡国家「満州国」の経済政策を進め、東條内閣では商工大臣を務めて戦時統制経済を推進した。

一方、長野県生まれの木内は大蔵省に入省し、英仏駐在財務官を2度、合計8年勤めた後、戦前から戦中に主計局長や専売局長官などを務めて戦時下の国家予算編成の重責を担ったが、激務のために病を得て退官して闘病生活に入り、いまは体調も回復した人物だった。

幣原が木内を官邸に呼んで面接したところ、長身で体格の良いロイド眼鏡が似合う誠実な人物だった。幣原はすっかり彼を気に入り、3月から内閣副書記官長を務めてもらうことにした。

松本らが改正憲法草案の新たな条文化に取り組んでいた2月27日(水)の朝。

読売報知新聞が、突如として陛下の御退位に関する記事を一面トップに掲げた。

それは、「御退位めぐって」「皇族方は挙げて賛成　反対派には首相や宮相」という大見出しが躍る囲み記事で、ＡＰ通信ラッセル・ブラインズが「宮内省の某高官」から聞き取って同通信加盟の全米の新聞社や放送局に配信した報道だった。本文各文節の冒頭に大活字で「陛下に退位の御慮思」「摂政には高松宮を」「皇位の将来に両意見」「幣原首相は反対派」との見出しを掲げたうえで、次のような記事が綴られていた。すなわち、陛下御自身が自己の戦争責任を引き受けられるために退位されたい御意志であり、皇族方は挙げて御退位に賛成だ。退位されれば皇太子が皇位を継承されるが、まだ12歳なので御病気の秩父宮に代わって高松宮が摂政職につかれることになろう。御退位の時機は講和条約調印の時だが、長引くようなら調印を待たずに退位されるべきだ。皇位の将来は英国王に類似もしくは政治から絶縁した精神的な地位となるとの両意見がある。御退位反対論者は木戸公と幣原首相、松平〔石渡〕宮内大臣である、と。

読売新聞社は、社長の正力松太郎が昨年12月にＡ級戦犯容疑者指名を受けて巣鴨に収監された後、従業員組合長の鈴木東民が編集局長に就任して、「元首には大統領を　共和制の採用提唱」の見出しとともに高野岩三郎の憲法草案を一面トップで取り上げるなど、「民主革命」「民主戦線」の言葉を躍らせた左傾化した紙面づくりを行っていた。

この記事で降って湧いた陛下の退位論に政府は衝撃を受けたが、マッカーサーも困惑した。彼は、米国統合参謀本部に天皇には戦争責任がないというレポートを提出済みで、今上陛下の御在位を前提に天皇の地位を明確にする改正憲法のＧＨＱ草案もつくり、今まさに日本政府がそれを基に草案を起草している最中なのだから当然だった。その彼に米国の世論やワシントンの極東委員会参加国での議論で天皇退位論や共和制論が沸騰しているとの電報が届いていた。

どうするか？

かくなる上は、日本政府が急ぎ改正憲法草案を発表して天皇の地位と今上陛下の御在位を既成事実化するほかない。

そこでＳＣＡＰは、日本政府に草案作成の作業を早めるよう繰り返し督促をはじめた。日本政府の対応は後手に回ったが、それでも要求に応じて3月2日(土)に松本草案を完成させた。ちょうど木内が内閣副書記官長に就任した日だった。

翌日が日曜だったので翌月曜日(4日)朝、松本が佐藤を助手に、白洲や外務省通訳官の小畑薫良、長谷川元吉とともに新松本草案を持参して第一生命館にＧＨＱを訪ねた。すると、ホイットニーやケーディス、ラウエル、ハッシーらが待ち構えていた。

松本はホイットニーに「この案はまだ閣議にかけておらず、決定案ではない」と説明したが、ホイットニーはすぐに翻訳にかけて検討すると述べた。そして彼は「トランスレーター・プール(翻訳者用玉突場)」という張り紙を貼った別室を用意し、そこにアメリカ側からケーディスや翻訳官が入り、小畑と長谷川に加えて佐藤も参加してさっそく英文への比較翻訳作業が始まった。

しばらく後、白洲がケーディスから呼ばれて部屋に入ると、ケーディスから英文の草案から削られた文章が複数あると指摘されて「これでは翻訳を続けても無駄だ」と問い詰められた。

そこで松本も入って「わかり切ったことは憲法には書かぬものだし、指摘の部分は後に書いてあるし説明書にもある。ちょっと見ただけで翻訳を打ち切るというなら、どうぞ勝手にしてください」とけんか腰で述べて部屋を出た。

その後、今度は松本が呼ばれて、天皇の国事行為に関して、ホイットニーが「『アドバイス・アンド・コンセント（助言と同意）』の和訳が『輔弼』とだけあって『同意』がないから『輔弼と協賛』に直すように」と指示した。

それに対して松本は、「『協賛』は憲法上国会に対して使用しているから内閣にその語を当てるのはおかしい。第一、天皇は内閣のアドバイスがなければ国事行為はできないのだから『輔弼』で十分だ、英語には相手を表す言葉に『ユー』一つしかないが、日本語では『ユー』に相当する言葉はいろいろあるのだ」と言い返した。

ホイットニーは「だいたいそれが非民主的なのだ！」と反論すると、松本は「あなたは日本語まで直しに来たのか」とさらに言い返した。すると、ホイットニーは手をブルブルふるわせて激高の極みに達した。

そこへケーディスが「まあ、この辺でランチにでもしましょう」と割って入った。

ケーディスの指示で「トランスレーター・プール」に5ガロン（約21リットル）の新しいGIガソリンタンクに満タンに入ったコーヒーとKレーション（配給食）が運び込まれた。

GIタンクは、よくジープの後ろにスペアのタンクと並んで積まれている緑色の鉄製タンクのことだ。また、Kレーションは、考案した生理学者のキース博士の頭文字を取った携帯食で、クラッカージャック（スナック菓子）の防水の箱の中に缶詰とクラッカーなどが入っていて、箱は3色に色分けされて、それぞれブレックファースト、ディナー（午餐）、サパー（夕食）と印刷されており、3色ワンセットで将兵1日分のカロリーが取れた。

昼なのでGHQ側から日本側の参加者にも同じ「ディナー」のKレーションが渡された。

ホイットニーもケーディスもこのレーションを味わって食べたが、食べなれない松本にとっては実にまずく、蝋《ろう》をかむような思いで我慢して食べた。

午後も1条ごとに双方興奮しながら議論を重ねたが、松本は（このように興奮しては実りあるものにならない、下手をしたら殴り合いにならないともかぎらない）と思い、予定されていた経済閣僚懇談会への出席にかこつけて午後2時半ごろ民生局を出ていってしまった。

通訳官や白洲を除き、憲法の専門家として一人残されたのは佐藤だった。

松本が3月2日にまとめた草案は漢文調で英語に翻訳するのが難しく、沼地を歩くようになかなか先に進まなかった。しかし、ちょうど白洲がトイレに立った際に椅子の上に日本語の書類があった。それをベアテが手に取ってみると、佐藤がGHQ草案を仮訳した上で松本の指示内容を盛り込んだ資料だった。

直ちに「これでやろう」という話になり、この時点で松本自身が起草した「3月2日」草案はボツになった。それからは比較翻訳の作業が非常にやりやすくなった。

夕方、ホイットニーから、深夜12時まで待つので確定草案をつくるように、できなければ明朝6時まで待つ、との指示が伝達された。

佐藤は松本の補佐役として来たにすぎなかったからおおいに驚き、松本宅に電話したが故障のようで通じない。それで官邸の岩倉規夫書記官に電話して松本を連れてくるように頼んだ。岩倉は田園調布の松本の家に行ったがまだ帰宅していない。門前でしばらく待つと、不機嫌そうな様相で松本が帰ってきた。事情を彼に話すと、「自分は血圧が高いから、今から行けば倒れてしまう。後はよろしく頼むと言っておいてほしい」と告げて家の中に閉じ籠《こも》ってしまった。

しようがなく、岩倉は官邸に戻って新任の木内副書記官長に報告した。

木内は「それは大変」と、佐藤に伝えるために岩倉とGHQに向かった。それが木内の初仕事となった。その時、酒好きの小畑のために上級ウィスキーのサントリー角瓶を持参した。

佐藤は、松本が来ないと知って困惑したが、気を取り直してケーディスらとの作業に入った。日本側の説明文と仮訳の草案の英文への翻訳が終わり、逐条審議に入ったのは、午後9時頃だった。

小畑と長谷川は条文の整理の作業もあり、佐藤の通訳は専らベアテが務めた。

第4章の国会の条文を審議が終わるころ、3月5日の夜が明け染めてきた。

佐藤は、窓に差し込む日光を見て「新しい日本の黎明《れいめい》」のように感じた。

朝食のKレーションも3回目で慣れ、アメリカ人の合理性も感じておいしく食べられた。

しかし結局、審議は、午前中では終わらず、Kレーションの午餐を挟んで午後4時半までかかった。合計32時間。

その間、アメリカ側も日本側も一睡もせずに審議を行った。それはホイットニーも同じだった。彼は審議が終わったつど、順にレポートされる条文を確認していたからだ。マッカーサーも前日は深夜12時まで執務室で条文の承認を行っていた。

全部の作業が終わると、ホイットニーが姿を現し、佐藤や日本側のメンバー一人ひとりの手を固く握りしめて感謝を伝えた。その喜び方があまりにも大きいので、佐藤は「私はいったいどこの国の憲法を手伝いに来たのか」と錯覚を起こしそうになった。

小畑は、木内から贈られた虎の子のサントリー角瓶を取り出して、ホイットニーを見た。

ホイットニーが笑って頷くと、小畑は水用グラスにウィスキーを注いでGHQ側のメンバーにも渡し、小声で「チアーズ」と言ってグラスを上げた。皆もグラスを上げてねぎらい合った。

一方、時間をその日の朝に戻すと、首相官邸の閣議室には幣原と松本が深刻な面持ちで入ってきた。そして松本は、昨日までのGHQとの顛末を詳しく述べたうえで、昨夜マッカーサーは深夜12時まで頑張り、多くの係官も徹夜をし、佐藤はいまなお帰っていない、と語った。

午前中の閣議は、松本の改正憲法の話に加えてブラインズの記事に関して議論が行われた。幣原は、当該記事の「宮内省の某高官」とは、東久邇宮のことだと自分が確認した経緯を説明し、大変困ったことで、マッカーサーにとっても一大打撃だ、と何度も述べた。

閣議は午後も続いたが、2時15分に白洲がGHQから渡された英文の完成草案と書簡を持って戻ってきた。書簡には「今日中にこれを受諾するか返事をもらいたい。でなければ今晩アメリカ側のテキストを発表する」とあった。白洲は「アメリカ側は自国の空気を見て一刻も猶予はできないと感じているようです」と付け加えた。その後に佐藤やベアテが和訳した完成草案の和訳文が順次届けられてきた。

閣議では、「米国が発表するなら我が方でも発表しないわけにはいかぬ」「さりとて、米国案を直訳したような日本文であり、前文の『ウィ・ザ・ジャパニーズ・ピープル……』はまったく欽定憲法を覆すもの」などさまざまな議論が出たが、結局、「これを受諾するほかない、修辞は変更しうるのではないか」との結論に達した。ただし、根本的な大変革だから陛下の勅語をいただいたのちに政府案として公表することにした。

そこで閣議は勅語案の検討に入った。勅語の内容は、憲法の改正を勅命とする帝国憲法73条に則ったもので、かつ、GHQが憲法草案の発表をこれほど急がせた最大の理由である陛下の退位論や戦争責任論を吹き飛ばして内外に陛下の戦争放棄・平和愛好のお考えと陛下を民主主義のリーダーと再認識させるものである必要があった。そこで、芦田が原案を大幅に加筆し、幣原がさらに慎重に加筆した。

そうして午後5時43分、幣原と松本が御文庫に参内した。

幣原は、陛下に次のように申し上げた。

「昨日午前、連合国最高司令部に提出した改正憲法草案は、同司令部において夜を徹して修正作業が進められ、本日午後、司令部での作業が終了しました。一方、本日の朝から閣議を開き、同司令部から順次送付された改正案について対応を協議しました。閣議においては、改正案を日本側の自主的な案として速やかに発表するよう同司令部から求められたことを踏まえ、改正案を「憲法改正草案要綱」として発表することとし、さらに、この前文において国民が憲法を決める形式となっていることについては、大日本帝国憲法に沿うべく、首相より内奏のうえ御勅語を乞い、勅語を仰いで同案を天皇の御意志による改正案にしたいと考えております」

奏上を聞き終えられた陛下は、「今となっては仕方あるまい、内閣に一任する」とおっしゃった。あわせて、憲法改正を御命令になる勅語の奏請を受けられ、お聞き届けた上で勅語を下さった。

その勅語は次の通りである。（原文　漢字カタカナ交じり文）

朕曩《さき》にポツダム宣言を受諾せるに伴ひ日本国政治の最終の形態は日本国民の自由に表明したる意思により決定せらるべきものなるに顧み日本国民が正義の自覚に依りて平和の生活を享有し文化の向上を希求し進んで戦争を放棄をして誼《よしみ》を万邦に修むるの決意なるを念《おも》ひ乃《すなわ》ち国民の総意を基調とし人格の基本的権利を尊重するの主義に則《のっと》り憲法に根本的の改正を加へ以て国家再建の礎を定めむことを庶幾《こいねが》ふ政府当局其《そ》れ克《よ》く朕の意を体し必ず此の目的を達成せむことを期せよ

その際、陛下は、「皇室典範改正の発議権を留保できないか、華族廃止についても堂上華族（旧公卿の華族）だけは残す訳にはいかないか」と御質問になった。

閣議は午後8時過ぎに再開された。この時、ようやく新たな草案の和訳全部が手元に配布された。全文で92条。なお、11月3日に発布された日本国憲法は103条で11条増えている。

閣議では、陛下が御質問になった2点について米国側と交渉すべきか議論したが、岩田法相が「今日のごとき大変革の際、かかる点につき陛下の思し召しとして米国側に提案を為すは内外に対していかがかと思う」と意見を述べ、一同「それもごもっとも、いたし方なし」と断念することに決した。

閣議ではさらに、和訳草案の前文があまりに翻訳調だったので安倍文相が修辞を改め、明日朝からの閣議で内容を検討することにした。

閣議を終える直前、幣原が次のように断言した。

「かかる憲法草案を受諾することはきわめて重大の責任であり、おそらく子々孫々に至るまでの責任である。この案を発表すれば、一部の者は喝采するであろうが、また一部の者は沈黙を守るであろうけれども、心中深く我々の態度に対して憤激するに違いない。しかし、今日の場合、大局の上からこの外に行くべき道はない」

幣原の言葉を聞いた閣僚たちは涙ぐんだ。幣原もハンケチを取り出して涙をぬぐった。

翌6日(水)。朝9時からの閣議のために官邸の執務室に入った幣原が、朝刊各紙に目を通していると、読売報知の一面に大きく次の記事が掲載されていることに驚いた。

憲法改正後に退位か
【アンカラ放送4日RP】（共同）　東京報道によれば、日本天皇は憲法改正終了後退位の手続きに署名されるはずといはれるが、東久邇宮も『天皇は皇位にとどまることを欲しておられないから退位されればご満足であらう』と語っていられる

ちょうど一週間前も、読売報知は、AP通信のブラインズの「天皇退位」の報道を行っていたが、今朝の記事は、天皇退位を既成事実化しようとする同紙の意図が見え隠れしていた。

記事を読んだ楢橋が執務室にやってきて、幣原に「読売報知は困ったことばかり書きます」と声を掛けた。

幣原は楢橋に「心配は無用です。今日内閣が発表する「憲法改正草案要綱」と陛下の御勅語を国民が読めば、退位論など雲散霧消しますよ。同時に私も謹話《きんわ》を発表するつもりです」と述べた。しかし、内心は、なんとか間に合った、という安どの気持ちだった。

「元帥もまた同様のお気持ちだろう」、幣原はそう独り言《ひとりごと》ちた。

朝9時、閣議は憲法前文を検討することから始まった。

途中、地久節（天皇御誕辰である天長節に対する皇后御誕辰）参賀のために閣僚が参内して中断。昼食時も中断しながら、前文と総理大臣謹話の文案を検討した。

午後4時。検討が終わり、午後5時に新聞に要綱を発表することにして閣議を終了した。閣僚はそれぞれ退室したが、立場上辞表を叩《たた》きつけることもできない松本は、「私は二、三日休ませてもらいます。新聞記者に攻められたら、どうもやり切れない。宅で病気することです」と独《ひと》り言《ごと》を言って閣議室から出て行った。

幣原は、気の毒そうに松本の背中を見送ったが、彼にはもう一つやらなければならないことがあった。重要案件は枢密院への諮詢《しじゅん》後に発表するのが慣例だが、SCAPの要求により6日中に要綱を発表する必要があったので、鈴木貫太郎議長に対して、枢密院への諮詢前に発表することを了解してもらうことだった。鈴木は事情やむを得ざるものとしてこれを承認した。

そこで午後5時、内閣は、陛下の勅語と「憲法改正草案要綱」全文、首相謹話を発表した。翌3月7日(木)、各紙は一斉に大々的にそれらを報道した。

そのうちの幣原首相謹話は次の通りだった。

畏《かしこ》くも天皇陛下におかせられましては　昨日内閣に対し勅語を賜りました。我が国民をして世界人類の理想に向い同一歩調に進ましむるため、非常なる御決断をもって現行憲法に根本的改正を加え、もって民主的平和国家建設の基礎を定めんと昭示せられたのであります。惟《おもう》に、世界史の動向は、実に永年に亘《わた》って人類を苦めたる動乱より平和へ、残虐より慈悲へ、奴隷より自由へ、横暴より秩序へと徐々にではありますが、然し逞《たくま》しき巨歩を進めつつあるのであります。我が日本国民が人類社会の間に名誉の地位を占めるがためには、新に制定せらるべき憲法において内は根本的民主政治の基礎を確立し、外は全世界に率先して戦争の絶滅を期すべきであります。即ち国家主権の発動としての戦争は永久にこれを拋棄し、他国との紛争はすべて平和的に処理するの決意を中外に宣言すべきであると信じます。私は全国民諸君が、至仁至慈なる聖旨と国家社会の康寧とに応へ、この大典の制定に万全を尽されんことを冀《こいねが》うものであります。茲《ここ》に政府は連合国総司令部との緊密なる連絡の下に、憲法改正草案の要綱を発表する次第であります。（一部現代表記に改めた）

幣原の言葉の「陛下の非常なるご決断」とは、幣原自身も受け入れ難かった、帝国憲法における大君としての天皇からGHQ憲法草案における象徴天皇への変革を天皇陛下が自らの御決断として受け入れられたことを指していた。

幣原は、首相謹話を書きながら、陛下は実に偉い御方だ、としみじみ思った。

そして前日午後5時、政府から「憲法改正草案要綱」を発表したとの通知を受けると、すぐにマッカーサーも次のような声明を発表した。それもまた7日の各紙に掲載された。

私が全面的に承認する新しい進歩した憲法を日本国民に提示しようとされる天皇ならびに日本政府の決定について、本日発表できる事に深く満足している。この憲法は5か月前私が最初に日本政府に指令して以来、日本政府と連合国最高司令部の関係者の間における念入りな研究と頻繁な会談の後に起草されたものである。本憲法はその条文において日本の最高法規であることを宣言し、主権を明確に国民の手に置いている。また本憲法は国民の代表機関である選挙された立法機関に優先権を与え、かつこの立法機関の権力ならびに行政機関および司法機関の権力を適当に抑制し、もっていかなる政府機関も国政の運営にあたり専制的ないし専横的にならないように保証を与える統治権力を設定している。

さらに本憲法は天皇の地位を残しているが、天皇は統治権力ないし国有財産を所有せず、国民の意思に従い、国民統合の象徴たるべきものである。

本憲法は進歩した思想のもっとも厳正な水準を満たすような人間の基本的自由を国民に与えかつ保証するものである。本憲法はまた、永久に封建主義の鉄鎖を断ち切りその代わりに人権を保障し、人間の尊厳を高からしめる。さらにこれは、人類のもっとも進歩した観念に完全に対応した、知的で誠実な人間が提唱するいくつかの異なる政治哲学を現実的に調和《ブレンド》させた感動的な憲法である。

条項の最初に述べられているものは国家の主権の発動としての戦争を除去し他国との紛争解決の手段としての暴力による脅威またはその使用を永久に廃棄し、さらに今後、陸海空軍またはその他の戦争能力を承認することあるいは国家がいかなる交戦権をもつことも禁止している。かかる約束の言明によって日本はその主権に固有な諸権利を放棄しその将来の安全と生存を世界の平和愛好民族の誠意と正義にゆだねることになった。

実にこれによって日本国は戦争が国際紛争の調停役としては無益であることを認識し、正義と寛容と人類相互の理解に対する信頼への方向を示す新しい道筋を指し示すことができるのである。かくして日本国民は断固として過去の神秘性と非現実性に背を向け、これに代って新しい信頼と新しい希望をもって現実的未来を迎えることになるのである。

マッカーサーの声明は、この新憲法が日本政府と連合国司令部の「念入りな研究と頻繁な会談の後に起草されたもの」として、総司令部も関与したことを率直に語っている。彼が「知的で誠実な人間が提唱する幾つかの異なる政治哲学を現実的に調和《ブレンド》させた感動的な憲法」と述べた通り、この憲法は、GHQ民生局で民主主義を信奉する「ニューディーラー」たちと、幣原ら日本人の平和主義の政治思想と政治の安定を希求する日本流の二院制国会の政治哲学が見事にブレンドされた、多様性をもつ普遍的な憲法であった。

声明の後半部分でマッカーサーが、SWNCC228には無かったにもかかわらず、戦争放棄条項の重要性を特に指摘しているのは、幣原の提案に彼が感動をもって賛同した経緯を物語る。

今日のロシアとウクライナの戦争を見るとき、「戦争が国際紛争の調停役としては無益である」ことが強く認識させられる。

十七　幣原内閣総辞職と「9条の掛け軸」、日本国憲法の誕生

幣原内閣の「憲法改正草案要綱」は、多くの国民から驚きの声をもって受け入れられた。その内容が「一般世人の期待したいかなる案よりも進歩的であり、革命的であるのに驚いた」(読売報知)のである。その結果、「革命」や「共和制憲法」「天皇退位」を主張する声はほとんどつい え去った。

総理執務室の幣原は、内心ほっとしながら、「要綱」を歓迎する各紙の論評に目を通していた。二週間前、天皇をシンボルとしたSCAP草案を陛下にお見せしたとき、陛下に反対されたらどうしようか、と大変心配したが、陛下は謄写版を静かに御覧になって、「これでいいじゃないか、徹底した改革案をつくれ。その結果、天皇がどうなっても構わぬ」と御命じになった。「あのときの陛下の御英断で閣議も収まった。終戦の御前会議のときも陛下の御英断で日本は救われたが、憲法も陛下の一言が決したと言える。もし、陛下が権力に固執されてGHQ案

の受け入れに難色を示されたら、いま、陛下も憲法も想像すら恐ろしい状況に陥っていただろう」

安堵した幣原は、そう独言して宮城の方向の壁を見て陛下を思い、眼を閉じて頭を垂れた。

一方、極東委員会と米国国務省は、「憲法改正草案要綱」やマッカーサーの声明は寝耳に水であり、マッカーサーを強く批判して極東委員会で憲法案を審査させるよう要求した。しかし、マッカーサーは、日本国民の同要綱に対する支持を背景にその要求をはねのけた。それでも、彼は、新憲法制定スケジュールを約4か月延ばした。新憲法が「日本国民の自由に表明する意思」に基づくものとなるように帝国議会で充分な審議が行えるように配慮したのである。

その頃、食糧危機が深刻さを増し、社会情勢は緊迫していた。憲法問題が収束する中、左派政党は内閣の打倒に軸足を移した。4月7日には、民主人民連盟提唱の「幣原内閣打倒人民大会」が日比谷公園で開かれて全国から7万人が集まり、総理官邸にデモ行進を行った。そこに警察隊の発砲事件が起こり、GHQの装甲車や武装ジープが警戒に出動した。

そのような混迷した社会情勢の中の4月10日。戦後初の第22回衆議院総選挙が挙行された。

その結果は、公職追放やGHQの民主化指令が大きく影響して、自由党140名、進歩党94

名、社会党92名、協同党14名、共産党5名、無所属81名、諸会派38名というきわめて不安定な政治情勢となった。

幣原は憲法改正の実現まで首相として責任を持つことを訴えたが、各政党やマスコミから「居座りだ」と攻撃され、総理官邸へのデモは連日続いた。4月17日、第2党の進歩党が幣原新総裁を内定すると、社会党は、第1党の自由・第4党の協同・第5党の共産の3党の賛同を得て、19日に「打倒内閣国民大会」を挙行することを決めた。代議士数でも3倍近い反対勢力の集結を受けて、4月22日、幣原内閣は総辞職に追い込まれた。

後継首班の奏請は、近年は天皇の御下命を受けて内大臣が行っていたが、前年11月に木戸が内大臣を辞任して内大臣府も廃止されたために、幣原が行うほかなかった。幣原はまず、進歩・自由・社会の3党連立内閣組織を企てたが、社会党左派の反対で頓挫した。次いで、自由・進歩・社会3党の連立内閣を案画する。しかし、社会党からは「首班たらずんば野党たるべし」と主張されてこれを断念した。そこで、進歩党以外の各党は、閣外協力の下で自由党単独内閣を構想。自由党単独では政局安定いまだ遠しと考えた幣原だったが、各党の意志強く、自由党鳩山一郎を後継内閣首班に奏請する決意を固めて陛下に内奏し、GHQにも承認を求めた。ところが、その鳩山が突然公職追放になった。鳩山は、戦前に統帥権干犯問題で浜口内閣を攻撃、軍部の台頭に協力した軍国主義者としてGHQから首班不適格との烙印を押されたのである。

そこで幣原は社会党の片山哲を首班とし、自由・協同・共産の3党が閣内協力する勤労大衆による「救国政権」を樹立する方針を採ったが、憲法問題と食糧問題で根本的に相容れない対立が生じたために4党連立構想を断念。最後の策として吉田茂外相を総務会長とする自由党と幣原首相を総裁とする進歩党との連立内閣を企ててようやくこれに成功して、5月22日に第一次吉田内閣が成立した。幣原は即日首相の任を去り、吉田内閣に国務大臣として入閣した。そして彼は、吉田内閣で「憲法改正草案要綱」に基づく新憲法の成立に尽力するのである。

幣原内閣総辞職から吉田内閣成立までの1か月は、後年、不適切にも「政治的空白期」と呼ばれたが、実際は、幣原を采配者とする政権争奪劇が繰り広げられたまさに激動の時期だった。

幣原が総理を辞任する5月22日の直前、木内が総理執務室に呼ばれた。

木内がノックして入ると、幣原は晴れやかな笑顔を彼に向けて、応接机に置いてあった大きな長四角の桐箱を指さした。

幣原の指示のまま、木内が桐箱を開けると、尺三（一尺三寸）の大きな掛け軸が入っていた。

「木内君へのプレゼントですよ。私が揮毫《きごう》したものです。表装も間に合ってよかった」

幣原が笑う。

さっそく軸を応接机に広げてみると、大きな半切（30×136センチメートル）の画仙紙に二行の漢詩が揮毫されていた。幣原が渾身の力を込めて揮毫したものなのがすぐにわかった。
木内も幣原も立ち上がって、その大きな揮毫を見つめた。

秦築長城比鐵牢　蕃戎不敢逼臨洮
焉知萬里連雲勢　不及堯階三尺高

漢詩の左肩に次のように記されていた。

日本国憲法第九條註釈　木内仁兄雅政　幣原喜重郎書

「木内君ならこの詩の意味はわかると思いますが、一応、説明しておきましょう。この詩は、唐の詩人・汪遵《おうじゅん》が「長城」と題して作ったものです。読み下すと、

秦長城を築いて鐵牢《てつろう》に比し　蕃戎《ばんい》敢《あ》えて臨洮《りんちょう》に逼《せま》らず
焉《いず》んぞ知らん万里連雲の勢いも　及ばず堯《ぎょう》階三尺の高きに

その意味は、『秦の始皇帝が鉄壁のような長城を築いたため、蛮族は臨洮（長城の西の起点）に近づかなくなった。しかし、雲にも連なる勢いを示す長城も、聖天子堯の宮の三尺しかない階段に比べればとうてい及ばない』というものです。だから私は、この詩に『日本国憲法第九条註釈』とあらためて名づけました」

木内は大きく頷いて、

「壮大な軍備も、日本国憲法第九条が持つ戦争の放棄、戦力不保持、交戦の否認という正義の力にはとうてい及ばない」

そう独り言を言った後、幣原を見つめて、次のように言った。

「これが憲法九条なのですね」

幣原もしっかり頷き、力強く微笑んだ。

一方、「憲法改正草案要綱」は、幣原内閣総辞職前の4月17日に内閣が枢密院に諮詢《しじゅん》し、枢密院では11回の審査の上で6月3日、美濃部達吉顧問官のみの反対で可決された。

そして、第22回総選挙の結果を受けた第90回帝国議会は5月16日に召集、同要綱に基づく帝国憲法改正案は、帝国憲法の規定により6月20日に勅書をもって議会に提出された。同改正案は、6月25日に衆議院に上程《じょうてい》され、同日から4日間本会議で質疑応答が行われた後、28日に特別委員会での審議に移された。同委員会での審議は7月1日の午後に始まり、7月10日まで総括的審議が、翌11日から23日まで逐条的審議が行われた。同月25日、各党が作成した修正案を持ち寄り、それを検討するために小委員会が設置されて審議を行った。この間に、のちに「芦田修正」と呼ばれる修正（憲法第九条二項の冒頭に「前項の目的を達するため、」という文言を挿入）など複数個所を修正したうえで、8月24日に衆議院で帝国憲法改正案を修正可決した。2日後の26日、貴族院に帝国憲法改正案が上程された。貴族院の特別委員会で審議している最中、GHQから、第15条と第66条にそれぞれ公務員の普通選挙保障、国務大臣の文民条項を挿入するよう修正を求められて衆議院で可決、10月6日には貴族院で帝国憲法改正案が可決成立した。そうして11月3日、明治節の日、改正案は日本国憲法として公布された。

なお、第二次世界大戦の敗戦国であるドイツは、ヒトラーの自殺による降伏後、政府が存在しない状態となって、西部ドイツが米英仏に、東部ドイツがソ連に分割占領されていた。イタリア王国は、敗戦後に国王が退位して皇太子が新国王になり、そのころ政体を決める国民投票が行われて共和制が多数派を占めて王制は廃止され、国王は国外追放された。

一方、同じ敗戦国の日本は分割占領をまぬかれ、天皇は日本国憲法に象徴天皇として明確に位置付けられた。

日本国憲法は、GHQと幣原内閣の政治思想が混合された草案をもとに、あらたな国民の代表が集まった衆議院で2か月、さらに貴族院で1か月以上審議されたうえで成立した。これほど長くこれほど多くの人びとによって審議されて成立した憲法は世界中で例がなかった。

翌昭和22年（1947）5月3日。日本国憲法は施行された。

その施行の日、東京では皇居前や日比谷公園で、地方でもさまざまな場所で新憲法施行記念式典や記念祝賀会が開かれた。その随所で「天皇陛下万歳」と、高らかに万歳が三唱された。

その祝いの声は、象徴天皇制と国民主権・基本的人権の尊重・平和主義という戦後民主主義の新時代がいま始まった寿《ことほ》ぎとして遥か遠くへこだましていった。

エピローグ

平成30年（2018）年8月。本書の著者である私は、本書版元の大学教育出版から、憲法9条が当時首相だった幣原喜重郎がマッカーサーに秘密裏に依頼したものだったことを論証した拙著『マッカーサーと幣原総理　憲法九条の発案者はどちらか』を刊行した。幸いなことに、同書は評価を頂き、国内外の大学図書館にも収蔵され、私は憲法九条の成立史に関する主要な研究者の一人と認められるようになった。

同年初冬。報道番組リサーチャーの堀信氏が本書を取り上げてくださり、私に番組制作の協力と出演を依頼してくださった。その報道番組とは、松原耕二氏がキャスターを務めるBS—TBS「報道1930」である。番組は翌年1月14日、「『憲法改正』と、その最大の焦点『九条』発案者は誰なのか？　その真相に迫る」というタイトルで放送された。

番組の制作協力の過程で私は、本書で取り上げた幣原の掛け軸に関して番組で紹介していただくよう御提案した。その掛け軸の漢詩の内容に関しては、昭和56年(1981)の週刊文春(3月26日号)に掲載された幣原の長子、故道太郎氏の手記によって私も内容は承知していたが、以降は長く歴史の中に埋もれてしまったものだった。そのために、番組放送時には漢詩が揮毫された掛け軸の実物や写真の存在が不明だったことから番組で紹介できなかった。

そこで私は、番組終了後にこの掛け軸の現物や写真が存在していないか調べはじめた。幣原から掛け軸を贈られた木内四郎が長野県飯山市の名誉市民だったことから、同市への問い合せから始まって何人かご紹介いただいた方々の先で掛け軸をお持ちの御遺族にたどり着いた。

私は、堀氏と一緒に御遺族を訪ねた。御遺族は漢詩の掛け軸を見せてくださったが、それが2メートル近くの大書だったことに驚いた。詩題として「日本国憲法第九條注釈」ともあった。

御遺族から、木内は亡くなるまで掛け軸を床の間に飾っていたと伺った。御遺族はまた、掛け軸の前でポーズを取る初老の木内の写真といくつかの資料を私に譲ってくださった。

堀氏との相談により、この掛け軸は新聞などで広く世間に認知されるべきとの結論になった。

そこで私は毎日新聞社に御提案したところ、記事として取り上げて写真撮影も行っていただくことに決まった。しかし、御遺族からは「掛け軸は、以前より公共機関に寄贈したかったので新聞で紹介するのも寄贈した後で」という御要望をいただき、まずは寄贈先探しを行うことになった。

御遺族が強く希望された寄贈先は、衆議院が運営する憲政記念館だった。幣原は総理大臣の後に衆議院議長に就任したから、同所が掛け軸を収蔵する場所として一番相応しいとのお考えだった。

憲政記念館には毎日新聞社に寄贈を打診していただいた。

ところが、憲政記念館からは厳しく受領を断られた。私が推測するに、この時期は、総理大臣・故安倍晋三氏が改憲に躍起になっていたので、憲法9条幣原発案説を裏付けるような掛け軸を衆議院立の機関が受領公開することは差し障りがある、という慮りからの拒絶と思われた。この掛け軸は、昭和30年代に政府の憲法調査会から「憲法九条が幣原の発案を裏付けるものではないか」と疑念をもたれた曰く付きのものだったから、さもありなんと私は思った。

そこで、別の寄贈先をいくつか考え、その都度、御遺族と御相談した。

その結果、最終的に国立国会図書館憲政記念室で受領いただけることになった。

国会図書館の蒐集物《しゅうしゅう》は、いったん収蔵登録されると持ち出しが禁止されるため、掛け軸はその前に毎日新聞社の写真部に持ち込まれて同社が撮影し、私も個人的に撮影が許された。

それが本書のカバーを飾る掛け軸の写真である。

木内は、幣原内閣の総辞職後、貴族院議員に勅選された。そして、新憲法下初の参議院議員選挙に立候補して当選した。木内が参議院選挙に出馬した理由は、幣原内閣の副書記官長時代、ＧＨＱ憲法草案では国会が一院制だったことに対して、彼自身もホイットニーに二院制の必要を強く説いたからだった。憲法公布後、ＳＣＡＰ側との会話の中で「貴君が国政選挙に出るなら、もちろん、参議院ですね」と問われた彼は、「ええ、もちろんです」と答えている。

参議院では、木内は長く政権与党に属して運営・大蔵・外務・予算委員長を歴任。昭和43年（１９６８）の佐藤栄作改造内閣では、国務大臣科学技術長官に就任した。そのためもあってか、憲法調査会活動当時、参考人として陳述を求められた彼は、掛け軸を書いた幣原の真意について終始明確に語らなかった。

しかし、昭和59年（１９８４）。憲法史研究者の西修氏が憲法9条の発案者を巡って彼にインタビューした際、老齢になった木内は、くだんの掛け軸を持参して西に見せた。そして彼は、西に「幣原発案説を強く否定する立場がありますが、私はこの立場を支持できません」と明確に語り、掛け軸を背に誇らしげに写真に収まった。

それは、彼が92歳で逝去する昭和63年（１９８８）の4年前の出来事だった。

そしてその発言は、木内翁の日本人に対する遺言だったと私は考えるのである。

〔**主な参考文献**〕

本書は、憲法九条の発案者に関する実証的研究をまとめた拙著『マッカーサーと幣原総理　憲法九条の発案者はどちらか』（大学教育出版、２０１８年）を主な論拠と参考文献とするノンフィクション小説です。同書に掲げた参考文献は割愛しますので、同書をご参照下さい。なお、同書刊行後に新しく著者が発掘または調査した資料で本書執筆に参照したものを次に挙げます（順不同）。

『ＴＯＷＮ ＭＯＯＫ　マッカーサーと日本占領』徳間書店　２０１２年
『図説国民の歴史19　共存共栄のゆめ』日本近代史研究会編、国文社　１９６５年
『図説国民の歴史20　平和と民主主義』日本近代史研究会編、国文社　１９６５年
『ドイツ人学者から見た日本国憲法　憲法と集団安全保障―戦争廃絶に向けた日本の動議』Ｋ・シルヒトマン著／渡辺寛爾・倉崎星訳　本の泉社　２０１４年
『第二次世界大戦（4）』Ｗ・Ｓ・チャーチル著／佐藤亮一訳　河出書房新社　１９７５年
『原爆投下をめぐる神話と現実　60周年の展望』麻田貞雄著　同志社大学法学部外交史アラムナイ会　２００６年
「西周助訳述『万国公法』の研究」『卒業研究報告書選集　第4集』拙稿　放送大学世田谷学習センター　２００５年
『決定版　東京空襲写真集』早乙女勝元監修・東京大空襲・戦災資料センター編　勉誠出版　２０１５年
『筆記帳／貴族院手帳』（昭和20年／21年）幣原喜重郎直筆　国立国会図書館憲政資料室収集文書　１４８４―１／２
『太平洋戦争の歴史（下）』黒羽清隆著　講談社現代新書　講談社　１９８５年
『歴史をかえた誤訳』鳥飼玖美子　新潮文庫　二〇〇四年
『重光葵　上海事変から国連加盟まで』渡邉行男著　中公新書　中央公論社　１９９６年

『マッカーサーの二千日』袖井林二郎著　中央公論社　１９７４年
『東京復興写真集　１９４５～４６　文化社がみた焼跡からの再起』山辺昌彦・井上祐子編　勉誠出版　２０１６年
『回想十年（第一巻）』吉田茂著　新潮社　１９６７年
『激流に棹さして　わが告白』楢橋渡著　翼書院　１９６８年
『次田大三郎日記』太田健一・岡崎克樹・坂本昇・難波俊成編　山陽新聞社　１９９１年
『日本国憲法をつくった男　宰相幣原喜重郎』塩田潮著　文春文庫　文芸春秋　１９９８年
『幣原喜重郎　国際協調の外政家から占領期の首相へ』熊本史雄著　中公新書　中央公論新社　２０２１年
「近衛公爵とマッカーサー元帥」『秘められた昭和史』奥村勝蔵著　鹿島研究所出版会　１９６５年
『日本におけるマッカーサー　彼はわれわれに何を残したか』コートニー・ホイットニー著／毎日新聞社外信部訳　毎日新聞社　１９５７年
MACARTHUR HIS RENDEZVOUS WITH HISTORY, Courtney Whitney, Greenwood Press, 1956.
『木戸幸一日記（下巻）』　東京大学出版会　１９６６年
『昭和天皇の終戦史』吉田裕著　岩波新書　岩波書店　１９９２年
『ハーバート・ノーマン全集（第二巻）』ハーバート・ノーマン著／大窪愿二編訳　岩波書店　１９７７年
『外交官Ｅ・Ｈ・ノーマン』中野利子著　新潮文庫　新潮社　２００１年
『佐々木博士の憲法学』田畑忍著　一粒社　１９６４年
「第89回帝国議会会議録」帝国議会会議録検索システム
『１９４５年のクリスマス　日本国憲法に「男女平等」を書いた女性の自伝』ベアテ・シロタ・ゴードン著／平岡磨紀子訳　柏書房　１９９５年

The Only Woman in the Room, Beate Sirota Gordon, The University of Chicago Press,2014.
『ベアテ・シロタと日本国憲法』N・アジミ　M・ワッセルマン著／小泉直子訳　岩波ブックレット　岩波書店　２０１４年
『木戸幸一日記（下巻）』　東京大学出版会　１９６６年
『戦争犯罪とは何か』藤田久一著　岩波新書　岩波書店　１９９５年
『ニッポン日記』マーク・ゲイン著／井本威夫訳　筑摩書房　１９６３年
『日本との対話　私の比較文化論』オーテス・ケーリ著　講談社　１９６８年
『象徴天皇制への道　米国大使グルーとその周辺』岩波新書　岩波書店　１９８９年
『碧素・日本ペニシリン物語』角田房子著　新潮社　１９７８年
「公職追放令（ＳＣＡＰＩＮ―５５０・５４８）の形成過程」『国際政治85号　日本占領の多角的研究』増田弘稿　日本国際政治学会　１９８７年
『入江相政日記（第三巻）』　朝日文庫　朝日新聞社　１９９４年
「第24回国会　参議院内閣委員会会議録第38号」（昭和31年5月7日）（参考人岩倉松に対する質疑）
『憲法制定過程覚え書』田中英夫著　有斐閣　１９７９年
『日本国憲法を生んだ密室の九日間』鈴木昭典著　角川ソフィア文庫　ＫＡＤＯＫＡＷＡ　２０１４年
『9条誕生　平和国家はこうして生まれた』塩田純著　岩波書店　２０１８年
『私の足音が聞える　マダム鳥尾の回想』鳥尾多江著　文藝春秋　１９８５年
『木内四郎　忘れ得ぬ日々』牧野光雄著　信毎書籍出版センター　２００３年
『証言でつづる日本国憲法の成立経緯』西修著　海竜社　２０１９年
『憲法調査会報告書』憲法調査会編　大蔵省印刷局　１９６４年

「九条の意義　漢詩に託す」「毎日新聞」（2019年5月3日）
「憲法九条の意義強調　幣原元首相　漢詩に註釈」「静岡新聞」（2019年5月4日）
「『憲法九条幣原発案説』自負込めた掛け軸発掘」拙稿「福島民報」（2019年8月3日）
「象徴天皇制と蘇峰」『民友（417号）』拙稿　公益財団法人蘇峰会　2019年
「幣原総理の『外交的勝利』としての憲法九条」『外交と戦略』拙稿　彩流社　2023年

■著者紹介
大越哲仁（おおこし・てつじ）
作家・歴史家（国際史、憲法史、教育史）
1961年福島県生まれ
同志社大学法学部卒業、放送大学大学院文化科学研究科修士課程修了
公益財団法人蘇峰会理事
一般社団法人日本ペンクラブ会員
蘇峰蘆花論文賞・新島研究論文賞・新島研究功績賞　受賞

［主な著書］
『マッカーサーと幣原総理　憲法九条の発案者はどちらか』　大学教育出版　2018年
『新島襄と八重夫妻　日本最初のモダンカップル』　大学教育出版　2020年

9条の掛け軸　敗戦から憲法改正に至る激動の日々

2024年9月10日　初版第1刷発行

■著　者——大越哲仁
■発行者——佐藤　守
■発行所——株式会社大学教育出版
〒700－0953　岡山市南区西市855－4
電話（086）244－1268（代）　FAX（086）246－0294
■DTP——MS Design Store
■印刷製本—モリモト印刷（株）

ISBN978－4－86692－311－6